熊本かわりばんこ

吉本由美
田尻久子

はじめに

吉本由美

「熊本に帰ってからの暮らしについて書きませんか?」との執筆依頼を「NHK出版 本がひらく」の編集部から受けたのは、二〇二〇年の夏だったろうか。私が熊本に帰ってから九年が過ぎていた。ウェブサイトに毎月連載の形でお願いできたら、と言う。帰郷後は半隠居というか、たまに仕事ができたらいい、くらいの気持ちでいたのでちょっと考えた。

執筆作業は、たまに、ときどき、または隔月、という緩い間隔が、もはや年寄りで怠け者でもある自分にはちょうど良かった。それを毎月だなんて。今の私の、何をするでもない、どこへ行くでもない地味な暮らしについてだなんて。毎月きちんと書けるだろうか、いや書くことがあるだろうか、と、ご依頼受けた喜びより不安の方が大きかったが、次なる一言でそんなものは吹き飛んだ。

「田尻久子さんと月交代で書いていただけたらと思っているのです

が」

おお、久ちゃんと！　それならやれそうだと、目の前がパッと広がった。

ともかく、二ヶ月に一回くらいなら、なんとか書くことを見出せそうだし、店を営み人と会っている久子さんならば有意義な話はわんさかあるだろうし、と、気持ちにゆとりが生じて引き受けた。店と本読みと『アルテリ』という地方文芸誌の編集と諸々の執筆で超多忙の彼女には気の毒な気もしたが、思惑通り（断れるわけないよな）に久子さんは引き受けてくれ、二〇二一年の三月、「かわりばんこ」は船出に至った。

それから二年あまり、交互に執筆したものをほぼ時系列にそって並べたのが本書である。時を経て通しで読んでみると、相変わらずの私の稚筆も、久子さんの端正な文章に挟まって新たな面を感じさせるから共同作業の良さここにあり。タイトルに「熊本」とある以上は熊本に関すること、いかにも熊本的なことを書くべきだろうと思い続けたが、何しろ出不精のヨシモトであり店の営業で忙しい久子さんゆえ紹介した場所の偏りには目を瞑《つむ》っていただきたい。

もう本を出すこともないだろうと思っていたので、この本は私にはは感慨深いものとなった。何と言っても田尻久子という〃身内〃のように親しい存在をこの年になって得られた幸運、そのことをソコハカトナク書けたことが嬉しい。そして庭や草木や鳥や猫や空や月などと遊ぶ方法も。それらは熊本に戻らなくては得られなかったのだから熊本様、様、様、である。

東京を去るとき、人・こと・もの、とのたくさんの別れがあった。そして今、新しいところで、人・こと・もの、とのいろいろな出会いを経験して、これが人生さ、長生きさ、と笑っている。それらを綴ったこの本が、手にしてくれた方々の日々のちょっとした安らぎ、励み、楽しみの発見に役立ってくれたらいいなと願う。

熊本かわりばんこ　目次

III　猫のいる部屋

I

庭と街

人生の第二章が始まった

吉本由美

私は四十四年間東京に住んでいた。その長き暮らしを畳んで故郷熊本に戻ったのが六十二歳のときだ。二〇一一年の三月一三日、お昼過ぎ、唯一の家族であるコミケの入った猫カゴ抱え、数年前から住み手のなかった実家に戻った。東日本大震災から二日後のことだ。

二日前の一一日は手伝いに来てくれた友だち二人と引っ越しの荷造り作業に精を出していた。地震発生午後二時四六分、東京もかなり揺れ、その激しさに、長年怯えてきた東京直下型大地震がここを二日後に立ち去ろうという今起きるとは、と憤慨したけれど、私には昔からそういう不運な面があるのでやはりそうかと腑には落ちた。しかし震源地は東京ではなかった。揺れが落ち着き急いでテレビをつけ、東北の大惨事を知った。画面に次々と映し出される光景は、最初の「えーっ?」という驚きから、時間の経過とともに〞この世のものとは思えない〟ものになっていった。嘘だろう、と言葉も出なかった。笑いながら始めた引っ越し作業はそこでストップした。

その二日後に実家に着いたときは、大惨事のショックと引っ越し作業の疲れから夢遊病者のような状態だった……と思う。予定の時間に引っ越し業者が到着し荷物が運び込まれ、それらが一階のあらゆる空間を埋め尽くしていくのをぼんやり見ていた。東北のその後が気になり、業者にテレビだけはセットしてもらいONにすると、画面は津波被害のみならず福島第一原子力発電所一号機水素爆発事故の報道で大混乱の体だった。梱包を解いた一人掛けソファーに崩れるように倒れ込んだ。

そのときほど「これは地獄だ」と思ったことはない。身の回りのものだけ抱え避難を余儀なくされた地元の人々の不安と哀しみの表情は忘れられない。テレビの前でこうして平穏でいていいのだろうかと身を正す。大切な家やペットや家畜を残し立ち去らなければならない人々、そして津波でそれらをすべて失った人々。自分と被災地の人たちとの状況の差が大き過ぎて考える力も湧いてこなかったように思う。安全な実家でこれから新しい人生を始めようという自分が罪人のように思えた。いつまでもただふぬけのようにテレビ画面を見て、段ボール箱の山を見ているだけだった。画面の中の惨事について話し合う相手がいないこともふぬけとなる要因だったかもしれない。一大事のときそばに誰かがいるということは本当に重要だと思った。一人が好きな自分だがこのときだけは心底そう思った。その夜は荷物を開ける気力も、移動と新しい環境に怯えて姿を見せないコミケを探す気力もなかった。

という具合で、人生第二章の幕開けとしては最悪の状況でスタートした熊本暮らしだったが、それでも、肌にとろりと柔らかい天然湧き水の水道水とか、甘くておいしい空気とか、草々の青い匂い立ち上る庭とか、東京とは異なる地方のささやかな、けれどかけがえのない恩恵に浸りながら、何とか新しい生活を始められたのはふた月後の五月、新緑の季節だった。閉じ籠《こ》もって悶々としていた日々からやっと脱出し、外に出て、顔を上げ、街をさまよい歩く（熊本の方言ではそれを「されく」とか「さるく」とか言う）ことができるようになった。

私は熊本市で育ったのだが、半世紀近く時が過ぎると街は見知らぬ顔だった。それが旅人になったようで楽しくてあちこち歩いた。見知らぬ街の探検ほど楽しいことはない。昔の姿をうろ覚えしている身であればなおさらだ。たとえば、子供の頃はただの味気ない路地だった気のする細道が、いつの間にか間口の狭い小さな個性的な店の並ぶ楽しげな〝通り〟に変わっているのを見たときのワクワク感。ただの坂道が並木坂という名を貰い街路樹繁るきれいな坂道となってそこに魅惑の坩堝《るつぼ》のようなレコードショップがあるのを知ったときの喜び。ジャズ演奏を聴かせる店があり、猫のいる可愛い花屋があり、そんな中にも昔ながらの（熊本時代の漱石が通ったという）古書店が毅然として残り、記憶にある建物とは一八〇度異なるモダンな姿に変身した映画館があり、地方の街の活気があった。アーケード街に二軒の大きな本屋が元気に残っていると知ったときの、あぁまだここは大丈夫という安堵感も嬉しかった。これから過ごす自分の街の今の姿を探し歩いて時を過ごした。

そして私には行かなくてはならない場所があった。それは東京を去る前にキタさんが「行ってみたらいいよ」と教えてくれた〈雑貨カフェ オレンジ〉だ。

キタさんというのは今は渋谷に移店したが、当時は表参道にあった〈Ｚａｋｋａ〉のオーナー吉村眸さんのパートナーである写真家・北出博基さんのことだ。同業（スタイリスト）だった眸さんが開いた雑貨屋ということもあり〈Ｚａｋｋａ〉にはオープン当時から仕事でもプライベートでもよく行った。私がまだスタイリストをやっていた頃だからもう三十年以上も前の話だ。眸さんとお喋りしていると、ときどき奥からキタさんが顔を出してひと言ふた言茶茶を入れサッと消える。それは気の利いたアドバイスだったり、ただの冗談だったりする。照れ屋さんなので出入りはとにかくサッとだった。

私が恵比寿のバーでバーテンダー修業を始めたときは様子を見に夫婦二人で来店くださった。シングルモルトの店とわかって、その後ときどきキタさん一人でいらした。いつも暗い店内のカウンターのいちばん隅っこの、カウンター内からは死角の席にお座りなので目の悪い私にはわからなかった。マスターの青木さんが「あの端っこにいる人、キミのお友だちじゃないの？」とか「お友だち来てるよ、いつもの端っこのとこ」とか言ってくれるまで毎度私は気付かなかった。気付いたからといって何を喋るでもない。黙って二、三杯飲んで「じゃ」と言って帰られるだけだ。そっけない。でもこの飲み方がキタさんらしくて私は好きだった。

そんな彼が「熊本に帰ったら行ってみたらいいよ」と言うのだからどういうところか興味が湧いた。キタさんは「女の子が一人でやっているんだよ、喫茶店と雑貨屋を」と笑っていたが、女の子ったってキタさんから見ればばってことで、ちゃんと大人の女性だろう。眸さんが「あの人、他とは違ってたね」と言う。二人の話を組み合わせると、雑貨店の〝老舗〟である〈Ｚａｋｋａ〉には、これから雑貨屋さんをやりたいという若者が参考とするためよく訪れる。その誰も彼もの口から出るのは「〈Ｚａｋｋａ〉さんのような器を中心としたお店を作りたい」という言葉。つきましては仕入れ先を教えてほしい、というような話になるらしい。

そういうことをひと言も口にしなかった唯一の存在が〈雑貨カフェ　オレンジ〉の田尻久子さんとのことだった。彼女はキタさんの写真で作ったポストカードやカレンダーの仕入れの依頼に来たという。キタさん、それは嬉しいはず。だから鮮明に覚えていたのだろう。それで私の熊本帰郷を知って即座に「行ったらいいよ」と口に出たのだ。今思えば、どういう店を作ったのか知りたい様子だった。

そういうわけで帰郷後私はそこへ行かなければならなかった。現在は移転したが十年前の〈オレンジ〉は新市街という熊本でもことさら繁華な街中にあった。玉屋通りという小さな路地の奥、傾きかけたような古い長屋造りの建物の一角だ。白い木枠のなかなか開かないガラス引き戸が入口だった。最初に行ったときその戸が開けられなくて苦労していると店の中から若い女性が「コツがいるんです」と言って開けてくれた。キタさんが〝女の子〟と言っていたからこの人か、と思ったが、違う気がした（後にお手伝いのゆきこちゃんと知る）。店内に入って奥のカウンターに座り、中にいた青年にコーヒーを頼んだ。ついでに「田尻さんはいらっしゃいますか？」と訊いてみたら「今日はお休みしてます」ということだった。う〜む、やっと来られたというのに不在とは。

唸りながら店内を見回す。古い造りにいろいろと工夫を凝らし居心地の良い雰囲気に仕立ててあった。器あり、アクセサリーあり、布小物あり、可愛い置物あり、石けんあり、靴下あり。〈Ｚａｋｋａ〉と比べると雑然としているところが若くて素人っぽい。キタさんが〝女の子〟と言ってたからな、と納得しながらカウンター横の棚を見ると、そこはカード専用の棚で中にキタさんの写真のポストカードがあった。ある、あると思ったが、それ以上に目を引いたのがその横にある大きな穴だ。大人はちょっと屈む必要があるが子供なら平気で通り抜けられるほどの大きな穴だ。隣と通じているらしく先ほどの戸を開けてくれた女性がひょいひょい屈んで出入りして、訝しげに見ている私に「隣で本屋もやってるんです」と教えてくれた。え？　と興味が湧いたが客が次々やってきてカウンターあたりが賑わい始め、気後れしてその日は帰った。

二度目に行ったのは六月だった。詩人伊藤比呂美の『方丈記』朗読会が催されるという記事を地元新聞のインフォメーションで知り、大震災の直後にふさわしい題材だと申込先を見ると〈オレンジ　橙書店〉となっていた。あの穴の向こうの本屋は〈橙書店〉というらしい。そうか雑貨屋が〈オレンジ〉だから本屋は〈橙書店〉ってわけか。道理道理、と納得しながら申し込んだ。

朗読会当日は平安京の大災害を語る内容にふさわしく大荒れの天気で、バスが遅れ焦って橙書店に行くと中はすでに満杯でドアは開かない。オレンジ側に走り込むと一人の細長い女性が対応に出た。遅れ気味の客を急かすこともない落ち着いた雰囲気にこの人が「田尻久子」とピンと来た。申し込み氏名を告げると彼女は「ドアは開けられないので」と言ってあの大きな穴を指差し、「ここから入っていただけますか？」と聞いた。

もっちろん！　ですことよ、まるでアリスの世界じゃないですか。前回からその穴抜けたくてうずうずしていたのだ。

穴を抜けると本屋……というか朗読会場だった。狭い本屋店内はすでに超満員で、今か今かと皆さん穴の横のステージを見つめ目を輝かせていた。そんなところにチョンコロリンと穴から出て来たチビな老女の私である。「ん？」という声なき声を全身に浴びて固まり、「あそこしか空いてないんです」と久子さんの言う一番前に置かれた誰も座れないような小さな腰掛けにカラクリ人形のように座った。そして見上げる伊藤比呂美。偉大だ。一メートルほど目の前で鴨長明に乗り移られたかの如く、熱く、ときに激しく語る彼女の迫力たるや、言葉なし。

今日こそ挨拶をと思っていたが、朗読終了後はサイン会、被災地復興募金、詩人の本の販売、と忙しい久子さんに声を掛ける勇気もなく、募金だけしてこの夜も帰った。

ようやく話すことができたのは六月末だか七月初めの梅雨も明けそうな暑い日だった。すぐそばのモダンに様変わりした映画館で映画を観た後だったと思う。咽《のど》が渇いて〈オレンジ〉にお邪魔した。ラッキーなことに店内には久子さんだけで……いやもうおひと方、白い猫「白玉さま」もおいでで、猫の話からすぐにうち解けられた。普段はあまり飲まないアイスコーヒーを頼んだ。暑い日の昼下がり出歩く人はいないのか、客は誰も来ない。おかげでのんびりと茶飲み話に興じられた。

二階でボーダーの服の展示会をやっているというので見に上がった。小さな部屋いっぱいに様々なボーダー柄のシャツやワンピースが並んでいた。天井の低い屋根裏部屋のようなスペースだ。こういう空間は楽しいのでいつまでもいたら階下から久子さんが上がって来た。買わなきゃならないような気になり日頃の自分には派手に思われるカラフルな大きなボーダー柄のワンピースを買った。買ったもののさすがに外に着て出る勇気がなくて（服はとことんオジサン趣味なので）、けっきょく部屋着となり、後に寝間着へと育っていったが。

再び階下の店内に戻り、もう一度アイスコーヒーを頼み、しいちゃん（白玉さまの愛称）をからかっていると突然「あの、吉本由美さんですよね？」と久子さんが訊いた。そういえば名乗らないままおしゃべりしていたのだ。はい、と答えると「すみません！今気付きました。失礼しました」と久子さん恐縮の面持ちになる。いえ、とんでもない。実はキタさんの紹介で来たの。一度目は久子さん不在で二度目の伊藤さんのときはご多忙で、今日が三度目。三度目の正直だね、と笑って答えた。

それ以来〈オレンジ 橙書店〉には街に出るたびお邪魔している。以前の玉屋通りのときは、しいちゃんと遊び、久子さんと喋り、夕方六時を過ぎるとビールかワインを飲み、久子さん手作りのメニューを晩ごはんにだらだらと店の閉店時刻まで過ごし、家が近いので車に乗っけてもらって帰っていた。ときには互いの家に行き、互いの猫（当時彼女は白玉のほかに三匹の雄猫と暮らしていた）を可愛がった。

そして今年（二〇二一）で十年という私の人生第二章。そのちょうど半分にあたる二〇一六年の四月、再び大揺れに見舞われたのは日頃の行ないが悪いせいか。けれど熊本地震という二度目の大地震遭遇も大した被災もせず、普段の生活の大切さを知る良い機会ともなった。この夜のことは、空も音も匂いも空気の感触も映像として鮮やかに頭の中に刻み込まれている。でも長くなり過ぎた、このことはまたいつか。

忘れがたい春と募金箱のこと

田尻久子

一九八〇年代はじめ、私が中学生の頃に『オリーブ』が創刊された。若い方は知らない人もいるだろうが、私と同世代でこの雑誌のことを知らない人はあまりいない。世の中にオリーブ少女を生み出したファッション誌で、自分の回りでは見たことのないような雑貨や着飾った少女たちの写真が載っていた。田舎の貧乏な中学生にとってファッション誌は興味の対象ではなかったが、高校に通うようになると、中には同じ制服を着ているはずなのにまわりとはどこか違う雰囲気を醸し出す女の子がいて、『オリーブ』を愛読していた。スタイリストとして吉本由美さんの名前が掲載されていることに気付くのは、大人になってからだ。当時はまだ、雑誌の誌面をつくりあげる人たちにまで気が回ることはなかった。

私はオリーブ少女ではなかった。平日は学校の制服、休日はバイト先の制服、あとはよれよれの部屋着で済ませる高校生だった。洋服を買う余裕はなかったし、そもそもファッション誌にはいまも昔もあまり興味がない。高校生の頃のバイト代は、ファッション誌を買うよりも一冊の文庫本を、あるいは映画を一本でも多く見ることに費やしていた。

吉本さんのことを知っていたのは熊本出身だからだ。いまはどうだか知らないが、私が若かった頃、「熊本」という街は「わさもん」が多いことで有名だった。「わさもん」とは熊本弁で「新しもの好き」という意味だ。セレクトショップが多く、熊本で売れると他でも流行ると言われていたそうで、先行して商品が販売されることもあったと聞く。そんな街で暮らしていると、「スタイリストの吉本さんは熊本出身」という情報はどこからともなくやってくる。その「吉本さん」が熊本に戻ることになったらしい、という情報は大橋歩さんが雑誌に書かれていて知った。知ったからと言って、いつか会うことになるとは思いもしなかったが、縁はつながりお会いする日が来た。吉本さんにはじめて会った年がいつだったかを忘れることはない。二〇一一年の春は忘れがたい春だったから。

今年は早いうちから桜が咲いた。コロナ禍がはじまってからにぎやかな花見の光景をほとんど見ていない。私も、家の窓から見える公園の桜をひっそり楽しむばかり。桜より先に咲く木蓮も楽しんだ。先だって公園の遊具が新しくなったので、いつ見ても子どもたちでにぎわっている。近くに大きな湖があるので、にぎにぎしい鳥のさえずりも聞こえる。いまは桜が散り、むせかえるような新緑が公園をいろどっていて、朝起きてすぐに眺めては、ほおっと息をついている。

桜の季節になると地震のことを思い出す。二〇一六年の熊本地震は四月に起きた。連鎖するように、東日本大震災のことも思い出す。三月一一日と四月一六日、その間に熊本の桜は満開になる。通勤路の桜並木を横目で見ながら、人間がどんなに動揺していても桜は咲くし新芽は伸びると何度も思った。それが自分を安心させるためだったのかどうか、よくわからない。

二〇一一年の三月一一日、私は営んでいる店で友人の写真家・川内倫子さんが東京から来るのを待ちわびていた。店にはテレビもラジオもないので、お客さんから言われるまで大きな地震が発生したことに気がついていなかった。東京もかなり揺れたと聞くが来ることはできるのだろうか、来られるとして東京を離れて大丈夫なのだろうかと心配になった。倫子ちゃんは地震の混乱をなんとか逃れ熊本に着いたが、徐々に被害の大きさが伝わり、原発事故まで起きるとは……と私たちは呆然とした。

滞在中、倫子ちゃんの東京の友人から、しばらく熊本にいたほうがいいかもしれないと連絡が来ていた。彼女は悩みつつも、仕事もあるしと予定通り東京へ帰った。東京を離れていることで増す不安もあっただろう。私は当時その不安を支えることができなかったような気がするし、熊本地震を体験したあとだったら、かける言葉も違ったのではないかといまとなっては思う。倫子ちゃんは、二〇一一年四月に被災地を訪れ、がれきの中で白と黒のつがいの鳩に出会った。鳩たちの足にはバンドが巻かれており、家か飼い主を探しているようだったという。そのときの写真はのちに『光と影』という写真集となり、その売り上げは復興支援のために寄付された。「この鳩たちを見ていると、いろんなものの象徴であるように見えました。わたしたちの住む世界の二元性。白と黒、善と悪、光と影、男と女、始まりと終わり」と、彼女は写真集に添えられた文章に書いている。何かが終わった光景を見るとともに、そこからまた始まるのだという光に満ちた写真集だ。

それから五年後、熊本地震が発生した直後からしばらくは、毎日のように倫子ちゃんが電話をくれた。「大丈夫?」と聞いてくれ、それから少しだけとりとめのない話をした。彼女の声を聞くといつも安心した。

東日本大震災の直後、「自粛」という言葉が飛び交いイベントの多くが中止・延期になったことに、どこか釈然としなかった。世間で言うところの「自粛」とは、本当に東北の人々のためになるのだろうか、という疑問が頭をもたげた。同調圧力に従っているだけなのではないか。「自粛」をうながさなくとも、被害の状況を知れば誰もが心を痛めるし、何かできることはないかと問うものだ。東北から遠く離れた地に住む私たちは、被害にあった人々に心を寄せるために、むしろしっかりといつも通りの暮らしをせねばならないのではないか。催しの中で支援を訴えかけるという方法もあるのではないか。「自粛」よりもやるべきことがある気がしてならなかった。

ちょうどその頃、普段はカリフォルニアに住んでいる詩人の伊藤比呂美さんが熊本にいた。伊藤さんが言い出したのか、熊本文学隊（伊藤さんが隊長で、私が営む橙書店が事務局をやっている）の誰かが言い出したのか、私が言い出したのか、記憶はおぼろで思い出せないのだが、チャリティー朗読会をしようという話が出た。とはいえ、伊藤さんがカリフォルニアに帰る日まであと一週間もなく、人を集める自信は正直なところあまりなかった。当時はいまほどSNSがさかんではなく、伊藤さんも「人、来るかしら？」と不安げだった。普段のイベントも、たった定員三十名を集めるのにだっていつも四苦八苦する。しかし、どこに向けて腹を立てているのかもわからないまま憤っていた私は、強固に「やりましょう」と伊藤さんにお願いをした。完全チャリティーで募金さえしてくれたら入場無料、出入り自由。伊藤さんはノーギャラになるが、二つ返事で引き受けてくださった。最初から最後まで朗読だけでやるからみんな辛いかもよ、と。

告知をはじめたのは、朗読会の三日前。それでも、地元の新聞社にお願いをするとすぐに告知を出してくださった。私はSNSを一切やっていなかったのでまずは店のホームページに告知を出し、あとは電話をかけたり、店内でお客さんに直接声をかけたり。その先は人づてを頼った。

普段は予約してもらうので来場者数はおおむね予測がつくが、このときは予測不能だった。満員になる可能性もあれば、面と向かって伊藤さんの朗読を聞くのがいたたまれないくらい（伊藤さんの朗読は迫力がある）お客さんが少ない可能性もある。少なくとも参加するお客さんは、朗読を聞けば少しは元気が出るはずだからまあいいかと開き直り、当日を待った。

普段のイベントと違って打ち上げもやらないし、受付作業もないから、当日やることと言えば客席をつくることくらい。いまの場所に引っ越す前は、喫茶店と書店は隣接する別の店舗を借りていて、人ひとり通れるくらいの穴を壁に開けて行き来していた。朗読会は書店側でやるので、まずは書店の真ん中に置いているテーブルを店の外に出し、募金箱や伊藤さんの本を並べる。他の動かせる什器は喫茶店側に移動し、少なめに椅子を並べ様子を見ることにした。

伊藤さんは「勝手知ったる場所」だからぎりぎりにしか来ないだろうし、あとはお客さんが来るのを待つだけ、受付がないって手持ち無沙汰だな、とのんきに構えていたら予想だにしない状況になった。開演時間が近づくとあれよあれよと人が集まってきたのだ。椅子を並べると三十人くらいしか入らない空間なのだが、すでに定員を超えているように見えたので、とりあえず店の前の通路に並んでもらった。

熊本地震のあと店を引っ越したのだが、旧店舗は路地裏にあった。古い長屋が向かい合って連なっている場所で、店の前は人がやっとすれ違えるくらいの狭いアーケードになっている。パリのパサージュというよりも、戦後の闇市といった風情の私道だ。もたもたして道をふさぎ続けると近所のお店に迷惑をかけてしまう。急いで後ろの席をすべて取り払い、前のほうだけ椅子を残し、立ち見のスペースをつくった。その間も人は増え続ける。通路にあふれんばかりの人がいるのを見ながら、これじゃ、ほんとに戦後の闇市みたいだなと思った。

「椅子はご年配の方や、前が見えづらい人に譲ってくださいね」と声をかけながらお客さんを誘導したら、遠慮して誰も椅子に座らず譲り合っている。こんなときだから、いつにも増して他人を思いやる気持ちになるのだろうか。余計なことを言ったかもしれないと思いながら、適当な人を見つけて座ってもらう。書店の二階には小部屋があって、上からは下がのぞけるし声も聞こえるので、気兼ねなく聞けるように小さいお子さん連れの方は二階に上がってもらった。常連さんの中には、こっちで聞くからいいよと喫茶店側に入ってくる人もいる。店内はほぼ満杯になったが、相変わらず伊藤さんの正面辺りの席だけは空いている。そうこうしていたら伊藤さんが登場した。お客さんに取り囲まれても、伊藤さんの迫力は負けることはない。今日は朗読だけで通すから覚悟してくださいね、お帰りの際はみなさん募金をお願いします、などとまずは観客をなごませる。

突然の告知だったし、雨も降る足元の悪い日だったので、遅れてくる人もちらほらいた。今日は途中からだって、終わり間際だって入ってもらう覚悟ではじめたので、たとえ相手がひるんでも「どうぞどうぞ」と引っ張り込む。幸い、書店と喫茶店は別の店のように見えて中でつながっているから、壁の穴から入ってもらえば演者前の特等席に案内することができる。

朗読がはじまる寸前、小柄な女性が入って来た。伊藤さんの前に置いた小さな椅子が空いていたので勧めると、座ってくださった。見かけない人なのに、ただ者ではなさそうな雰囲気が気になったその人が吉本さんだったのだが、そのときは気付かない。

伊藤さんのイベントは普段は主にトークで楽しんでもらうのだが、今回は挨拶もそこそこ、店からあふれんばかりの人に囲まれ朗読がはじまった。題目は『方丈記』。朗読の合間には、子どもたちの声がときおり二階から降ってくる。通り沿いは大きなガラス窓なのだが、人で埋め尽くされているので外からは中の様子がわからず、アーケードを歩いている人がいぶかしげに通って行く。

朗読会が終わると伊藤さんは「いくらある？ 募金箱早く開けようよ」とせかしてきた。「もうちょっと片付くまで待ってくださいよー」と言っても、「開けよう開けよう」と気になってしょうがないようだったので開けてみると、小銭から一万円札までぎゅうぎゅうに入っていた。みんなで手分けして数えると、予想以上の額が入っていて歓声があがる。久しぶりに笑顔の人たちを見た。

実は、その日いちばん印象深い記憶は朗読そのものではなく（惜しまれるが、私は当日対応にあたふたしていてまともに聞けなかった）、名前もわからない通りすがりの男性のことだ。しかも直接見たわけではなく、書店の中で朗読を聞いていたお客さんから伝え聞いた話。

募金箱は朗読会がはじまってからも外に出したテーブルに置きっぱなしだった。来場者の方には帰り際に寄付を呼びかけるつもりだったが、はじまる前に入れてくださった方もいて、すでにお金は入っていた。「誰もいないところに置いておいたらあぶないでしょう」と心配する人もいたが、都合で最後まで聞けない人が帰りに入れてくださるかもしれないし、持って行く人などいない気がした。

朗読会中に、背広を着た、いかにもサラリーマンといった風情の男性が貼り紙にじっと見入っていたという。入り口の扉には、「東日本大震災のチャリティー朗読会で、寄付をしてくだされぱご自由に入場できます」といった趣旨を書いた紙を貼っておいた。扉の近くに立っていて男性の気配を察したお客さんは、募金箱が置いてあるのが気になってちらちらと見ていたのだとおっしゃった。男性は、貼り紙の文章を読み終わったあと、しゃがみ込んでカバンから財布を取り出し一万円札を募金箱に入れて立ち去ったそうだ。

この日のことを思い出そうとすると、その人の立ち去る後ろ姿がまず見える。私の想像の中の姿だが。

ひさしぶりに散歩に出ると

吉本由美

二〇二一年五月一五日、早くも熊本に梅雨入りが発表された。平年より二十日早く、一九五一年の統計開始以来過去二番目に早いらしい。かんかん照りより雨降りが好きだけれど、まだ五月半ば、早すぎませんかと思う。もう少し気持ちの良い日々を味わわせてほしい。冬の寒さが解けたと思ったら花粉が飛ぶ。アレルギー性鼻炎の私は外に行けない。年中つらいが花粉が飛ぶと倍つらくなるのだ。花粉が終わると黄砂が来る。黄砂で目が痒くなるとそれが刺激となって顔中めちゃくちゃ痒くなる。その黄砂もやっと去り、やれやれと、五月の心地よい陽差しのもとでのんびり散歩といきたいなあ……と、思った矢先の梅雨入り宣言なのである。早すぎる。地球環境の変化がじわじわと迫ってくる。なんにせよ、宣言の二日前、買い物ついでに足を延ばし散歩の真似ごとなどやっておいて良かった、と、雨降る庭を眺めながら思った。

コロナ禍で昨年の春以降、私も人並みにお籠もり生活を続けている。机仕事だから生活必需品の買い出し以外出かける必要もなく、すると無駄なお金を使わないで済むし、一人には馴れているのでたいして不満もないのだが、運動不足が気になっていた。その前から「これからは節約人生」とジムもピラティスも止《や》めていたので、外歩きまでしなくなるとさすがに身体がなまってきていた。しからばご近所散歩しかない。なのに寒かったり花粉だったり黄砂だったりで、軟弱者ゆえやる気が失せた。これじゃいかんと焦りが募っていたのだが、それが先日、つまり梅雨入り宣言の二日前、ついに「黄砂は少ない」という予報が出て、散歩するなら今日じゃないかい？　と自分に問うたのだ。どんより曇って今にも雨粒が落ちてきそうな空模様だったが、冷蔵庫もガラガラになりつつあるし、買い出しついでに散歩とキメた。

我が家周辺はただの平凡な住宅地なのでこれぞという散歩コースはない。せっかくだから少し離れているけれど普通った中学校あたりまで行ってみることにした。そこから十分ほどの川辺に出ると、地方住まいの特権である甘くて瑞々しい空気が待っているのだ。ひさしぶりに深呼吸でもしてみよう、そうしよう、そうしよう、と足取り軽く中学校を通り過ぎ、ふと右方向の空を見ると、まるで銭湯の煙突みたいにとんでもなく大きな樹が聳《そび》えている。そうだ、学校のすぐそばに「徳富記念園」があるんだった、と気が付いた。確か建物の中に入れたな、庭に古い日本家屋があったな、その庭がやたらときれいだったな、何か特別な植物が育てられていたな、など、子供の頃の記憶がぼんやりと顔を出す。寄ってみることにした。

ところが門は閉まっていた。門に大きく「休園中」の札が掛かっている。「地震の影響により園内旧邸復旧工事のため休園します」というメッセージがあった。熊本地震からもう五年は経つのにまだ工事中なのかと腑に落ちない。熊本市内では公共施設も復旧を終え商業ビルがどんどん建っている。それらを見ると地震からの復興事業はある程度進んだように思えるけれど、規模の小さな文化施設は後回しにされているのか。確かに入園者数となるとわずかなものだろうけど。

「徳富記念園」は徳富蘇峰《そほう》・蘆花《ろか》の兄弟が明治三年から幼少期を過ごした屋敷ということだ。中学の授業中、教師が「蘇峰とは蘆花とはどういう事をなしえた人物か」と親しい人のように話していた記憶があるが、私を含め生徒の中にそれに興味を覚えた者はいなかった気がする。けれどときどき、ご近所ということから下校途中に寄ることもあった。日本家屋の原型とも言えるような旧居にも惹かれたが、小さな庭が美しかった印象が強い。そこに（名前を知ったのは後年だけれど）カタルパというめずらしい木が育っていて、梅雨どき白いきれいな花を咲かせていたのを覚えている。もしかしたら今日もその花に会えるのではと期待したのだが当てが外れた。門の外から中を覗くと数か所に工事中のシートが掛かり、裏門の前には工事関係者用プレハブ小屋が建っていた。そこでオニギリを食べていた作業服（裾がしぼんで大きく広がっているズボン）の人と目が合い、「何か？」という顔をされた。いやいやいやと慌てて立ち去る。もう一度表門へ回り、そこに聳えている二本の大きな樹を見上げた。二本ってことは蘇峰と蘆花の象徴ってことか。なんにせよ、大きな樹を見上げると背筋が伸びて気持ち良い。

川まで出て向こう岸の街を眺めた。川というのは一級河川の白川だ。阿蘇の根子岳《ねこだけ》を水源とする白川はそこを振り出しに熊本市内の街の真ん中を走り抜けて有明海に出る。街は川に大きく二分されている。住宅地である我が家は川の東側、お城やデパートや本屋や洋菓子店や饅頭屋のある賑やかな街は川の西側。従って〝川を渡って街へ行く〟のが子供の頃の楽しみだった。

今も川の向こうへ行くのは楽しいことだ。美術館がありTSUTAYAがあり無印があり映画館がありく〈オレンジ 橙書店〉がある。ほかにもギャラリー、和食屋、八百屋などお楽しみの場はいろいろあるが、行きつけと言えばだいたいこんなところである。お籠もりの日々になってからは〈オレンジ 橙書店〉にもご無沙汰している。この一年でたぶん四、五回も行っていない。コロナで自粛というわけではないがマスクをつけての行動が鬱陶しいし、バスの減便で〝足〟が不便になったのも出不精に変身した理由である。

たまには〈オレンジ〉で久子さんほか顔見知りの常連さんたちと気の置けないおしゃべりに興じたいと思う。わりと皆さん〝武士系〟なので話し方は柔らかいがテーマは堅いことが多い。すると店内に居合わせた若いチャラ子さんから鬱陶しいような興味あるような複雑な視線が送られてくる。私たちの話が聞こえたのか「なんだ？　このオバチャンらは」という不審げな顔を二度ほど目撃した。きっと「うざい」と思っているんだろうなと楽しくなった。年をとったせいか最近「うざい」と思われることが愉快になった。〈オレンジ〉はそういう私たち（オバチャン連！）の遊び場でもある。早く呑気に遊びに行けるようになればと願う。

なんてことを思いながら川向こうの街を眺め、ひとつふたつため息をついてスーパーに向かった。もう一時間くらい歩いている。馴れない長散歩に膝がよれている。早く帰って横になりたい……と思う自分に年を感じた。

梅雨入り宣言通りに雨の日は続いて、昨日（五月二〇日）などは梅雨から受けるしっとりとしたイメージの真逆をいくような集中豪雨だった。最近は集中豪雨より線状降水帯という表現をよく聞くが、確かにドバーッと屋根を崩壊させるかのごときに降ったと思うとパッと止み、しばらくの後またドバーッと降るという降り方には線状降水帯という呼び方がふさわしい。

この降り方をされると庭は瞬く間に池……というと大げさだがそれに近くなる。前庭と裏庭をつなぐ小径は少し低いので川になる。庭に水溜まりができてくると条件反射のように「白川は大丈夫だろうか」と不安になる。白川は何度も氾濫を起こしているらしいので気になってしかたがない。特に昭和二八年（一九五三）と五五年（一九八〇）の水害がひどかったらしい。白川とウチとの距離は徒歩で十五分くらいあるから直接の被害はないが、それでも昨今の〝想定外の被害〟を思うと、もしかしたらと構えてしまう。

雨が止んで水が引いたので庭に出るとワッとなる。草たちが昨日の倍に育っているのだ。この時期の草の勢いは本当にすごく、まだ可愛い赤ちゃんね、と引き抜くのを免除しているとすぐに育って根を張り巡らせる。だから草を抜くなら雨の上がった直後がいいのはわかっているのだが、そこまで雑草中心の暮らしはできずについ後回しになる。すると数日で見るも恐ろしき雑草の混沌世界となるのである。なんとかしなくちゃと思うが何せ梅雨だからすぐまた雨が降る。しかたないから上がるまで待ち、上がって晴れたからと庭に出ると、熊本の無礼とも言える強烈な陽差しに尻込みする……を繰り返しているうちに、庭は手の付けられない状態となるのである。こうなると好きなの嫌いなの分けて引き抜くなんて甘いことは許されず、好きも嫌いもぜんぶまとめて刈り取る作業になるのである。

六年ほど前までは、肩に掛けて右に左に動かす電動草刈り機なるもので、ウィ～ンウィ～ンと爆音立てて雑草たちを刈っていた。夏場はひと月に一度の割りで刈るのだが、老女の細腕には草刈り機が重すぎてうまく動かせずに虎刈りになる。なので弟が来ているときは弟に、友だちの滞在中は友だちに、雑誌の締めきりが迫って身動き取れないときは編集長に、頼んですっきり刈り上げてもらっていた。

それでも自分でフラフラと刈っているときは、いつも『寺田寅彦随筆集』(岩波書店)の「芝刈り」という掌編を思い出した。寺田センセイらしき人物が愛する芝庭の芝を刈る話だ。センセイらしき人物がさんざん芝庭の魅力を讃えた後でこう独白する。

夏が進むにつれて芝はますます延びて行った。芝生の単調を破るためにところどころに植えてある小さなつつじやどうだんやばらなどの根もとに近い所は人に踏まれないためにことに長く延びて、それがなんとなくほうけ立ってうるさく見えだした。母などは病人の頭髪のようで気持ちが悪いと言ったりした。植木屋へはがきを出して刈らせようと言っているうちに事に紛れて数日過ぎた。

そのうちに私はふと近くの町の鍛冶屋の店につるしてあった芝刈り鋏を思い出した。例年とちがってことしは暇である。そして病気にさわらぬ程度にからだを使って、過度な読書に疲れた脳に休息を与えたいと思っていたところであったので、ちょうど適当な仕事が見つかったと思った。

と書かれた先からは、芝刈り鋏の選び方や芝をどこから刈り始めるかという問題、刈っていくときの感触や湧いてくる思い、鋏の進む先から飛び出してくる無数の虫たちへの洞察などが、科学者らしい観察眼と文学者らしい想像力で書き連ねてある。庭についての著述では、牧野富太郎博士、カレル・チャペック、そして寺田寅彦センセイのお三方のが最も好きだ。気の重い草刈りも寺田センセイのどこか惚《とぼ》けた、けれど理性的な独白を思い浮かべたりしていると楽しく運んだ。

それでも体力の限界か、老女には長い柄の重さ二キロ弱はある草刈り機を、熊本の猛烈なる陽差しのもとで動かし続けるのは無理だった。翌年からシルバー人材センターのおじさま方に頼ることにした。冬場はパス。三月から三ヶ月に一度、四、五人で来て雑草を抜いてくれた。三ヶ月に一度というのは草が育って繁りが息苦しく思われ始める頃だからとても助かる。とはいえとことん抜いて庭を丸裸にしてしまわれるので、もう少し残してくれるように頼むこともたびたびだった。作業は午前中に終わり、料金はそのときどきで変わるがだいたい三万円。当然ながら雑草の量で料金は変わり、夏場は高く冬場は安い。草毟《くさむし》りを頼めば本当に楽ちんだが、貧乏な自分には贅沢なことのような気がするのもまた事実だった。

というのも、庭についてはもうひとつ大きな出費があるのだ。前庭裏庭に植わっている大きな二十本の庭木の剪定《せんてい》だ。家を建てたとき植樹したそうだからもうかれこれ六十年くらいは経つ老木揃いで、これらの剪定にお金が掛かるのだ。親が生きている間は昔からお願いしていた造園会社に頼んでいたが、目の玉飛び出る料金とわかってこれもシルバー人材センターの剪定隊に鞍替えした。イヤでも樹木の剪定は年に一度はやらなくてはならない。草刈りは頑張れば自分でもできるが、大きな樹の剪定はどだい無理なので頼むしかない。シルバー人材センターは市の事業だから造園会社に比べると料金は格段に安いが、年に三回の草毟りと年に一回の剪定となれば、この後何年生きるのかわからないがこの世とお別れするまでに、私は庭にいったいいくら注ぎ込めばいいんだろう……と考えて、眠れない夜もけっこうある。

ということから家計の負担をできるだけ軽減しようと、せめて草毟りくらいは自分の手で済ませられないものかと考えた。草刈り機など使わないでも老女が楽に草を毟り取ることが可能な庭。あるいは草を毟ることなくほったらかしでもかまわない庭。つまり年寄りにやさしい庭を造ればいいのではないかしら、と。ほったらかしにしてもいいエリアと、このくらいなら老女にも管理できるというエリアと、草の生えないエリアを造る。ふむふむ、これだ、と納得し、大雑把なコンテを描いてガーデン・デザイナーさんにお渡しした。それを基にできあがった設計図がこの写真だ。

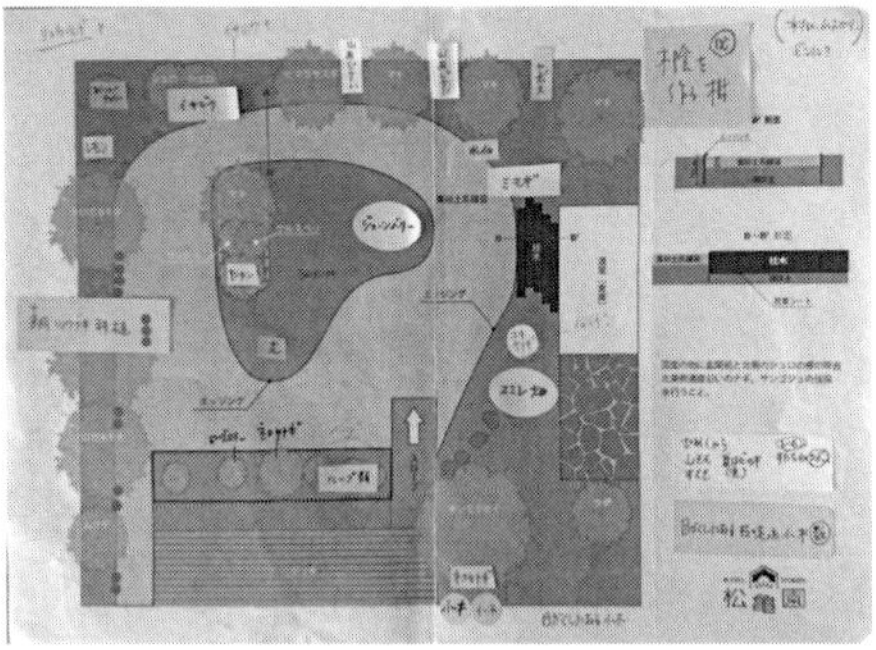

庭は今年三回目の梅雨を迎えている。付箋にあった果樹や花は植木市や園芸店や庭名人の知人から苗を手に入れぐんぐん育って、「庭育て」をバックアップしてくれている。

私は濡れた雨上がりの庭の光景がいちばん好きなのでその写真を収めようとさっき庭に出てみた。だが、出てみると昨日来の豪雨と強風で庭ぜんたいがいささかお疲れ気味の様子だった。五種類の山紫陽花の花の多くが散っていたし、植樹三年目で花をつけたレモンの赤ん坊（花のあとの果実に育つ部分）もジューンベリーの赤い実も落ちていた。宵待草やドクダミなどの「勝手に育ってもOKよ」のエリアも櫛を入れる前の洗い立ての髪のように乱れていた。朝採り野菜を配達に来てくれた人に聞くと、この嵐のような天候で農家さんではレタス、キャベツ、白菜、牛蒡《ごぼう》、などが全滅し、夏野菜の植え付けもできなくなったということだ。この夏は野菜がたいへんなことになりそうで、僕も休業になりかねないです、と愁いていた。やはり早すぎる梅雨入りと豪雨強風の影響は大きそう。これから二ヶ月こういう天気が続くかと思うと気が滅入る。

ピンクのリボン

田尻久子

古いビルの二階で店を営んでいる。そんなに広くはないのだが、北側と東側に窓が広がっているので開放感があってなかなか気持ちのいい場所だ。店の前の道路には植栽された樹が並んでいる。確かめたことはないが、おそらくモミジバフウだとあたりをつけている。どちら側の窓からも樹が見えるのだが、東側は窓から手をのばせば届きそうなほどに近い。春になると新葉がどんどん出てきて、新緑が窓いっぱいに広がる。そうなってくると、さわりたい、といつも思うのだが、窓を開けて手をのばしてみても届きそうで届かない。

鳥が遊びに来ることもある。仕事の手を休めると無意識に樹を探して窓辺に目がいくのだが、幸運にも鳥が見えたときは、そおっと窓に近づく。彼らにとってビルの中は別世界なので、気付かれずに観察することができる。春先、まだ葉がついていない頃に、造巣中らしきカラスがやって来た。枝にとまると、目の前の小枝を器用に嘴《くちばし》で折り取る。

しかし、くわえている小枝はけっこう長い。そのままでは飛び立つときに他の枝にひっかかってあぶないのでは？　と心配していると、枝から枝へと高いほうへ少しずつ飛び移り、さえぎるものがない樹のてっぺん近くまで移動してゆうゆうと飛び立っていった。人に心配されるほどカラスは愚かではない。

窓の向こうの樹は、私の心のよりどころになっている。この樹がなくなってしまったら、店の空気は確実に変わってしまうだろう。窓際は外に向かってカウンター席をつくっているのだが、やはり樹が正面にくる席は人気だ。特にひとりでくつろぎに来る方はそこに座ることが多い。誰だって、視界に建物の壁しかないより、樹があるほうが好ましい。

しかし、樹があることが誰にとってもよいこととは限らない。落葉樹だから、秋になれば葉が落ちる。茶色くてトゲトゲのついた丸い実も落ちる。たまに紅葉した葉っぱや、落ちた実をお客さんがひろってくることがある。落ちるのはアスファルトの上だから、土に還ることはない。よって、誰かが掃除しなければならない。通り沿いには、銀行や病院やテナントビルが並んでいる。テナントビルには、店舗が入っているところもある。だから、ビルの清掃職の人や各店舗で働く人が掃除をしている。みんな仕事の一環と思っているからせっせと掃いているが、これが個人宅だったらどうだろうか。街路樹は住宅街にもある。自分で植えてもいない樹がわが家の前にあるなんて、掃除が大変で分が悪いと思う人もいれば、借景で気持ちが潤ってありがたい、と思う人もいるだろう。あるいは、車が鳥のふんだらけになっちゃうと怒る人もいるかもしれない。台風の季節には老木が脅威となる場合もある。しかし、それはすべて人間側からの意見でしかない。

実際、「害虫がいる」「落ち葉で側溝が詰まる」「鳥のふんが汚い」などと、管理をしている行政機関には市民からの苦情が寄せられているという。

ある日、お客さんが「今日の新聞見た？」と息巻いていた。地元の新聞に「街路樹に付けられているピンク色のリボンは何？」という疑問が寄せられ取材した結果、ピンクのリボンは伐採を検討している樹に巻かれているというのだ。店のある通りの樹にはリボンが一本も巻かれていないから、まったく知らなかった。そう言えば、コロナ禍になってからは家と店の往復ばかりで、繁華街を歩くこともめったになかったと気付く。

「第一期　熊本市域街路樹再生計画」という行政の計画書を読むと、伐採については詳しく書いてあるが、再生についてはあまり具体的なことが書かれていないような気がした。伐採の理由は、「巨木化や老朽化、生育環境の悪化により、歩行者の通行空間への支障や、倒木や落枝などの事故が市民生活の安全面に影響を与えている」「交差点、信号機、標識等への視認性の低下」「台風等の自然災害による倒木事故や交通網遮断」「巨木化した樹木の強剪定《きょうせんてい》（枝を長く切り取ること：編集部注）による樹形悪化」など。人間が不格好に伐ったあげく見た目が悪いから伐るってあまりに身勝手すぎやしないだろうか。標識が見えないなら、見えるように剪定できないのだろうか。大きくなり過ぎると困る樹をなぜ街路樹に選んだのだろうか。一本一本、本当に伐るべき樹なのか専門家の視点で熟考されたのだろうか。読めば読むほど、疑問が湧いてくる。伐採が検討されている樹はどのあたりにあるのだろうと確認すると、市中心部の電車通り沿いでは、一帯の街路樹の六割近くにピンクのリボンが巻かれているようだ。

私を毎日なぐさめてくれている樹にはリボンは巻かれていないが、この樹がある日突然に邪魔だからと伐られてしまう可能性があるのだと思うと、胸が塞がる。

もやもや考えていてもしょうがないので、伐られるかもしれない樹を見に行くことにした。吉本さんと同じく私も完全に運動不足だ。どこへ行くにも車を使ってしまうので、なお悪い。この間もお客さんに「筋肉をつけないとダメよ」と叱られてしまった。自分を甘やかしたまま歳を取れば、店へとあがる階段が早々に辛くなるだろう。九十代のお客さんだってのぼってきてくださるのだから、階段が辛いなどとは歳をとっても言えやしない。

出勤前の用事が思いのほか早く済んだ日、梅雨の晴れ間でもあったので、電車通り沿いに歩いてみることにした。熊本は市の中心部を市電が走っている。店の前からスタートして数分後、バスターミナルの前に出ると、早速ピンクのリボンが目につく。目と鼻の先と言ってもいいような場所。こんなに近くで起こっていることに気付いていない自分にがっかりする。たしか近くにびわの樹もあったはずだが、と探すがなくなっていた。樹のまわりではいつものように鳩がくつろいでいる。何かくれるのかと期待のまなざしを鳩から向けられていることに気付き、すみません何も持っていません、と慌ててその場を離れる。

しばらく電車通り沿いを歩くと、あるわあるわ、ピンクのリボンだらけ。確かに枝が標識などにかかっているものもあるが、何をさえぎっているわけでもない樹にも巻かれている。どの樹ものびやかに新葉を広げ、いきいきと茂っているように見える。市役所前では、ほっそりとしたまだ育ち切ってなさそうな弱々しい樹にも巻かれていてしのびなかった。マークしてあるすべての樹に、伐るべき理由が一本一本あるのだとしたらそれを知りたい。

リボンの多さに辟易《へきえき》しながら歩いていると、信号待ちをしている女性を見かけた。少しわきにずれて樹の下で待っていらっしゃる。熊本の夏は以前にも増して酷暑だ。日をさえぎってくれる樹木の存在はありがたい。

落ち葉、虫害、鳥のふん、隠れる標識。困っていることは目につきやすい。でも、困っているのは人間だけではない。植物や動物は人間がやることに困っている。山を切り開き、もともとの動物のねぐらを奪っているのは人間。落ち葉が土に還れないようにアスファルトで固めてしまったのも人間。排気ガスが直撃するような場所に樹を植えたのも人間。私もそのうちのひとり。

植物から受けている恩恵に、日々思いをめぐらす人はどのくらいいるのだろう。私たちはいつも、失ってからしか大切なものだったことに気付かないから、世界中で環境破壊が広がってしまった。もちろん街路樹は人間が植えたもので「自然」とは言えないかもしれない。でも、私たちが呼吸している酸素の一部をつくっていることに変わりはない。山にあろうと海辺にあろうと、都市の真ん中にあろうと、どの樹木も生きている。鳥のねぐらであり、小さき生物の営みの場である。あるいは、通りを歩く人に木陰をつくり、窓への直射日光をさえぎり、人々の心をなぐさめている。目には見えない恩恵を私たちに与えてくれている。

『植物は〈知性〉をもっている』（ＮＨＫ出版）という本を読んでいたら、興味深いことが書いてあった。植物の存在が子どもや若者にどのような影響を与えるかという研究が注目を集めているそうなのだが、緑が見える場所のほうが集中力や注意力が高まるのだという。さらには、木々の立ち並ぶ道路では事故が少なく、緑の豊かな地区では自殺や暴力犯罪が少ないこともわかっているという。

この本の主題は「植物のもつ知性」についてだが、スピリチュアルな話ではなく、科学研究によって明らかにされた事柄に沿って植物の持つさまざまな能力が説明されている。植物は感覚をそなえており、複雑な社会関係を作り上げていて、植物どうしや動物とのあいだでコミュニケーションをとれることが明らかにされているというのだ。トマトは虫に襲われると、化学物質を放出して周囲の仲間に危険を知らせるという。読んでいるうちに植物を見る目が少しずつ変わっていくような気がした。

ピンクのリボンを追って歩きながら、そう言えば、根が隆起している大きな楠が何本も並んでいる場所があったと思い出した。見に行ってみると、リボンは一本も巻かれていない。この楠は戊申詔書発布の記念事業として植えられたという熊本市の説明書きが横に据えられている。特別扱いだから伐られないようだ。しかも、私の母校の運動場東端に植えられた楠樹群だと書いてあって驚いた。のちに、学校は移転している。五十年以上、熊本に住んでいながら知らなかった。おそらく私は樹しか見ていなかったに違いない。

根はずいぶんと盛り上がり、道路はやや波打っている。これらが伐られずにすむのやなら、他の樹もなるべく伐らずにすむ方法があるのでは？　と隣接する建物より高くそびえ立つ楠を見上げながら思った。この並木道は「オークス通り」と呼ばれている。

ピンクのリボンに戻り、まるでロマが目印をたどって歩くみたいだな、と思いながらどんどん歩く。すると、街路樹がない部分があった。たしかここにも前は樹があったはず。まだ記憶に新しい緑のある風景を思い浮かべながら、目の前の風景と比べると、なんとも言いがたい寂寥感がおそってくる。緑を失ったその場所は、見知らぬ場所のようだった。

ピンクのリボンをたどって歩いてからしばらくのち、新聞に街路樹についての続報が掲載された。秋にも伐採に入り、二路線の三割強である五百二本の伐採を三年で完了させる計画だという。しかし、再考を求める市民の声を受け「対応を検討中」となっているそうだ。最初の報道があってから、徐々に市民の声があがっていたのだ。伐ってほしいという声もあれば、伐ってほしくないという声もある。これから先どうなるかわからないが、あげられた声は少なくとも届いた。

街路樹を見て歩いているとき、繁華街の入り口に『ビッグイシュー』の販売員の方がいらっしゃった。ちょうどカズオ・イシグロのインタビューが載っている号が欲しいと思っていたので購入する。販売員さんの立っている場所の両脇には樹が一本ずつあり、どちらの樹にもピンクのリボンが巻かれていた。お金を払って一度は立ち去りかけたのだが、どうしても気になって、このピンクのリボンが何かご存じですか？　と再び声をかけた。知りません、とおっしゃったので、リボンが巻かれている樹は伐採を検討しているらしいですよ、と伝えるとこうおっしゃった。

ぼく、この樹がなくなったら困る。軒下では販売しちゃいけないことになってるんですよ。夏になるとものすごく暑くて、この樹があるからなんとか我慢できるのに。なくなるとほんとに辛いなあ。

声をあげる術がない人たちもいる。

ホームレスの人たちが居座らないように、突起物をつけたり、座面に傾斜をつけたりしたベンチが設置されている場所があることを、彼の言葉を聞きながら思い出した。

この夏いちばんのできごと

吉本由美

日頃はのっぺりとした私の壁掛けカレンダーも七月はわずかだけれど書き込みが増える。通常は、自分の誕生日、ついで庭猫一家の登場記念日、さらにかつて愛したノラ猫ミケヤマが命を落とした日、福岡で独り在宅介護のもとに暮らす七歳年上の従姉の誕生日を記入。今年はそこに「発売日」やら「送本日」やら「取材の日」やらの書き込み追加で、人並みにとは言えないけれど賑やかになった。自分もいっぱしの社会人という気分が漂う。実はひさしぶりにエッセー集を出したのだ。

タイトルは『イン・マイ・ライフ』(亜紀書房)。自著について語るのはちょいと恥ずかしくて内容は端折《はしょ》るが、若い頃の仕事三昧の東京暮らしと還暦過ぎのヒマのような多忙のような熊本生活の二部構成にした。その前の『みちくさの名前。雑草図鑑』(NHK出版)からなんと十年も経った出版で、引退の道を探っていた人間にはこのひさしぶり感がとても刺激的なのだ。で、つい自己宣伝……してインスタグラムにも上げてしまった。老人（七十歳以上）になると、何かしら、どこかしら、自分が世の中からはじき出されているような気がしてくる。だからたまに、こういう〝仕事してます感〟というか、社会参加の気分を得られるとソコハカトナク嬉しくなる。自分がそうなってわかったのだが、年寄りって、気持ちや行動をひっくるめ、ソコハカトナク生きているのだ。だからこそ本は目立つよう、装丁も思いきり、くっきり、シッカリ、若作りにした。私のことなど知りもしない若者を〝ひっかけよう〟という狙いである（冗談）。

本の形となった以上直せないのだが、心配性なので幾度も誤字脱字がないか読み返した。そして気付かされたのは、自分の中の庭に対する怨念だった。庭への苦情ばかり書いている。我ながらしつこいと思う。そんなに嫌なら庭など売っちまえばいい、と思う。けれどそうはいかない事情があるから怨念になる。まあ怨念といっても自分の庭相手だから誰に危害を与えるでなし、カワユイものではあるけれど、なかなか思い通りにはならない庭への徒労感が高齢者となった自分の非力を炙り出す。老後は淡々と洒脱に過ごす、との計画も、後半の熊本暮らしに綴られているのは非力なせいでの庭とお金のマジヤバ話になってしまった。その涙と笑いの内容に喜んだ友だちも多かったが。

そういう思いで改めて庭を見渡すと……オーマイガッ！　猛暑続きの七月後半、そこはもう当然の如く草だかりの場になっている。前回書いた〝年寄りにやさしい庭〟でも六月の雨続きにはお手上げである。そこに七月の晴天続きで草どもが繁ること繁ること、分別というもの微塵もなし。もう老女の手には負えなくなっている。そうなる前に毟るなり刈るなりやっておけば良かったのに……と毎年繰り返す猛省に自己嫌悪を感じながらも、「炎天下の庭仕事は特に高齢者の場合死を伴う危険行為ゆえおやめ下さい」という天気予報の警告に深く頷く。

生い繁る草どもをどうするか。去年のように涼しくなるまでほったらかしでいようか。悩み、迷う。去年は一〇月の台風あとまでそのままにして、草の勢いがなくなった頃いっせいにグルグル巻いて引っこ抜いたのだ。最初を小さく丸め、巻き寿司を作るときの要領で巻いていくのだが、これはこれで気持ちの良い草抜き法だった。雨上がりあとのゆるんだ地面から続々と、ばりばりと、草の根っこが引き剝《は》がされ巻かれていく。今現在頭に来ていることを思いながら巻いていくと、その剝がれ具合がうっぷん晴らしにちょうどいい。ただし巻き巻きするその一〇月まで、草むんむんの庭の荒廃状態を我慢できればの話だけれど。

草が繁ると蜘蛛がすごい。あらゆるタイプの蜘蛛たちがこの草あの草と網を張る。ジョロウグモ、クサグモ、オニグモ、そのほかいろいろな蜘蛛たちの、さしずめ庭は〝網のショールーム〟だ。それらは遊歩道を跨いで、枝から枝、草から草へ張られているので、ぼんやり歩いていると顔に肩にふわっと纏《まと》わり付く。蜘蛛好きなので騒ぐことなく「破いてごめんね」と謝りながら歩く。いったん網が破れると蜘蛛はまた一から出直して編まなくてはならない。編まれた網が彼らの食料確保場なので網を編むのは彼らにとって命をかけた行為なのだ。

蜘蛛がたくさんいるからかヤモリも多い。東京の白金台のお寺の下の共同住宅一階に住んでいたときも、お寺の下だったせいか庭付きだったせいか、都会のど真ん中であってもヤモリはよく現れたが、ここ熊本の住宅地、しかも蜘蛛だらけ虫だらけの雑草屋敷となるとその出現率は比べものにならない。さしずめうちの庭はヤモリにとって献立豊かな食堂だろう。家の外壁、常夜灯の周り、窓の外、玄関、廊下、台所の流しの窓、いたるところで虫や蜘蛛を狙う姿をお見かけする。

自分の住んでいる街を悪くは言いたくないが、どう甘く見ても熊本市内の街並み、景観は、美しいとは言えない。帰ってきた当初それは何故かと考えていたが、しだいに腑に落ちてきたのは道路と街路樹が美しくない、ざっくり言えば〝醜《みにく》い〟からなのだった。美しさの判断基準など人によって様々だからあくまでも私の基準で言えば、のことだが、四車線六車線の主要幹線道路はまだしも、二車線の幹線道路の幅がとにかく狭く、歩道がないに等しいところが多くあって、それが美しさ美しさとは真逆の思いを抱かせる。美しさとは安全＝心の安らぎから派生した感情表現の一つだろう。ヨーロッパの街並みが美しいのは広い歩道が醸し出す安心感ではないだろうか。もちろんパリやローマのように狭い道路が編み目のように錯綜している街もあるが、そこはほぼ皆一方通行で車は一台しか走れない。熊本のように、そこを二台の車が、バスが、接触ぎりぎりの間隔で行き交うなんてことはない。

土地の狭い日本の場合どこでも同じようなものとは思うけれど、特に熊本の街にその醜さを感じるのだ。しかも道が曲がりくねっているからますますその思いが強くなる。他の地から来た知り合いは皆が皆「熊本市内を車で走るのは怖い」と言う。仙台から来た友人は狭い道に対向車が入ってきたことに驚愕してつい叫んだ、「仙台ならこの道幅は一方通行だよッ！」と。

「熊本の街はどうしてこんなに道が狭くてグチャグチャしてるんですかね」と一度タクシーの運転手さんに訊いたことがある。運転手さん曰く「新町・古町のほうはせいしょこさん（加藤清正の愛称）が敵の襲撃から城を守るため曲がりくねらせて行き止まりにしたとか、わかりにくい道にしたとか、聞いていますけどね」。そして他の区域は先の戦争（太平洋戦争）で焼け野原となったあと区画整理をして道を広げる計画だったが、それを待たずに土地持ちが自分勝手に家を建ててしまったため以前からの狭い道路が続いている……ということだった。「自分勝手で計画性のなさは熊本人の県民性ですかね」と運転手さん。ううむ、確かに、熊本人はお上の言うことにすんなり従うことはない、と言われている。将来を筋道立てて考えられない、とも言われている。自分にもそのケがあるので大きい声では言えないが、そういう県民性が街の美化を阻害しているのなら残念なことだ。

そして今、問題になっているのが久子さんが前回書いていた街路樹の伐採計画だ。これも根っこには計画性のない（と言われる）県民性が関わっている。私も熊本に帰ってきてからしばらく続けた街歩きで、街路樹のその景観の気持ち悪さには気が付いていた。一つ、狭い歩道に大木が並びすぎて息苦しい。一つ、そのせいで歩道のデコボコが目立ち美観損傷に輪を掛けている。一つ、行き過ぎた剪定で〝この木なんの木？〟状態になっている。

これらはすべてその昔、大きくなる木を、考えなしに、狭い歩道に、ふさわしい間隔も空けずに、植えまくった熊本市の土木行政の将来を思い描けなかった失態の結果だ。この問題は街中の道路ならずとも家の近くでも起こっていて、すぐ近所の県立劇場の巨木数本（確かではないが少なくとも五本）がこの春見事に消えてしまった。見上げると四階建てのビルほどの高さに育った楠の巨木が車一台分の細い道沿いに間を置かずラッシュ状態で並んでいたのだ。自転車でよくそこを通る私は台風などでこれが倒れたら恐ろしいなと思っていた。その前に住む人たちならさらに切実な心配事だったろう。

大きく育った木を切り倒すのは切ないことだ。伐採問題に反対している人の気持ちは大いにわかる。すべての責任はかつてこれらを植えた行政にある。しかし今それを責め立てても詮無いことで、二度とこのような間違いをしでかさないためのルール作りが大切と感じている。それにはどうすればいいか。我々市民が、市が企てる街の美化という名の下の伐採計画に介入し大声張り上げる道しかないのか、何か他にないだろうか、と考えては頭が痛い。

雨と引っ越し

田尻久子

　八月半ばだというのに、大雨が幾日も降り続いている。真夏にこんな状態になるなんて人生ではじめてのことだ。普通なら夜も寝苦しいほど暑い時期なのに、気温は二五度前後を行ったり来たりしている。いつもの夏と一〇度くらい違う。涼しくて過ごしやすいはずなのだが、数日前まで灼熱の陽射しを浴びていたので身体が気温になじまず、朝晩は寒いとすら感じて毛布にくるまって寝ている。猫たちはまだ夏毛をまとっているのでやはり寒いらしく、やたらと膝の上に乗ってくるし、寝るときも気付けばくっついている。こうしてパソコンに向かっているいまも、白黒猫が膝の上で寝ている。降ろそうとしようものなら「ニャーアアー（いやあー）」と鳴きながらふんばって、力の限り抵抗する。

　雨が降り続いてかれこれ一週間以上、止む気配はない。梅雨に逆戻りしたような気候、いや梅雨でもこんなには降らない。梅雨というより、雨期という感じ。こんなに雨が降り続いて、家がない人たちや、野良猫たちはどこで雨風をしのいでいるのだろう。

　ニュースによると、九州ではこの一週間足らずで年間の降水量の半分を超えたところがあるという。すでに被害が発生したところもあるし、土砂災害や浸水におびえている人もたくさんいるだろう。熊本県を流れる球磨《くまがわ》川水系が氾濫・決壊したのは昨年のことで、まだ記憶に新しい。人吉市内の堤防が決壊し、橋は流れ、市街地は水浸しとなった。ケーキ屋さん、おそば屋さん、醬油蔵に酒蔵……、見知った建物が水に浸かっていく様子をなすすべもなく見つめたことを、雨音を聞きながら思い出す。私の家にはテレビがないのだが、災害が起きたときちょうど従姉妹伯母が危篤状態で、待機していたホスピスの病室にはテレビがあった。「なるべくいつも通りにして、人の気配があるようにしてくださいね」と看護師さんに言われていたので、誰が見るともなくテレビをつけ、きょうだいとたわいのない話をしていた。伯母はテレビをよく見る人だったから。

　葬儀の日も大雨だった。葬儀場で喪服を着て朝ご飯を食べていたときも、テレビでは災害の情報が流れていた。だから、大雨が降ると伯母の顔がふいに思い出される。記憶はいつも連鎖する。ひとつ思い出すと、また次のひとつが顔を出す。次の大雨もいつか降るだろうから、暑さを失った夏のこともきっと思い出すだろう。

　ほとんど一日中降り続いていても、雨が小康状態になる時間がときおりある。もちろん陽が射すほどではないのだが、少しだけ外が白み、雨音が静かになる。待ってましたとばかりに蝉時雨がはじまる。雨の間に、アブラゼミからツクツクボウシに変わっている。鳥のさえずりも騒がしくなる。山のほうからカラスの鳴き声が聞こえてくる。これら生類の音が聞こえてくると、人間も少しだけ安堵する。心配の小休止。

少し前、梅雨の最中に立田山《たつだやま》の近くに引っ越しをしたのだが、新しい家ではじめてカラスの声を聞いたとき、違う、と思った。「カーカー」と澄んだ鳴き声がしていた。以前住んでいた家でよく耳にしたのは「ガーガー」という少し濁った鳴き声。調べたら、澄んだ声のハシブトガラスは樹林を好み、濁った声のハシボソガラスは、河川敷や原っぱを好むそう。なるほど、お山のカラスはハシブトガラスなわけだ、と納得した。

山と言っても、標高一五〇メートルほどで、熊本市の真ん中に位置している。私が借りた借家は坂道の途中に建っているから、ここも昔は山の中だったはず。すべて切り開かれてしまわなくてよかったとつくづく思う。切り開かれたであろう場所に住んでいることに罪悪感を覚えながらもそう思う。

成り行きで『アルテリ』という文芸誌（吉本さんにも寄稿してもらっている）をつくっているのだが、在庫を置く場所が足りなくなった。そもそも出版社ではないから、置き場所など確保していない。こうなったら家に置くしかないのだが、前の家はエレベーターなしの四階で、本で満杯のダンボールを上げたり降ろしたりするには適しておらず、スペースの余裕もあまりなかった。

引っ越しの理由は他にもある。前の家を探したのは熊本地震の直後で、希望より家賃が少し高かったけれど、物件が不足していたから無理して借りた。それでも便利な場所ではあったし、真横に公園があるのが気に入っていた。ただ、南向きのベランダの向こうは別の集合住宅の壁で、公園があっても緑は思ったほど目に入らなかった。ベランダ園芸を試みても、最上階だったから暑すぎて、というか灼熱で、植物は何度植えてみても夏を越せなかった。日に日に緑が恋しくなり、そうこうしているうちにコロナ禍になり、出かけることもままならず、さらに緑が恋しくなった。

引っ越したいなと一年ほど前から思いはじめて、不動産情報を見るのが日課になった。少しくらい不便でもいいから、庭のある家、もしくは自然により近い場所にある物件はないだろうかと。猫と暮らしていると、物件探しの難易度があがる。いいな、安いな、と思っても、ペット不可、あるいは犬のみ可。犬がよくて、猫がだめというのがどうにも解せない。特にリフォーム済のきれいな家は貸してくれない。そういう家はどうせ家賃が高いので、こちらの希望からも外れるが。DIY可なのに猫不可という物件もあった。好きに手を加えられるのに猫はだめとは意味がわからない。うちの壁はどこも研がれていないし、猫はきれい好きなので犬より匂わない。というか、人間より匂わないかも。匂うのは猫ではなくオシッコだから、トイレさえきちんと片付ければ問題ない。そもそも猫はトイレが汚れていることを嫌うから、片付けないと猫に叱られる。ちなみに私は猫のお腹の匂いが大好きだ。ほんのり甘い匂いがする。ちょっとかがせておくれよと顔をうずめて嫌がられる。

一年ほど探し続けてようやく希望に近い家が見つかった。通勤は不便になるが、家を借りるときに妥協は不可欠だ。物件情報を見てすぐに惹かれた。小さいけれど庭があり、近くには山もあった。少し行けば、遊水地もある。いつになくすばやい行動で内見の予約を取り見に行くと、私が子どもの頃、祖父母が住んでいた借家から十分ほどの場所だった。

狭い庭にはイチジクと椿の木があり、木の根元の雑草をかきわければ、もとの住人が植えたであろう植物が顔を出しそうだった。内見もそこそこに、イチジクだよ、椿だよ、と庭を見て歓喜する家人と私を、不動産会社の人が不思議そうに見ていた。庭の手入れが大変だと嫌がる人もいるのだろう。猫可だから家はもちろん古く、立て付けにガタがきている部分もあったが、家賃は下がるし、『アルテリ』の保管場所は十分取れる広さだった。

というわけで、その家に引っ越して一カ月後、雨に閉じ込められた。エリアメールの着信音がけたたましく鳴ったときは、慣れない場所なのでびくついた。古い家なので雨漏りも気になったが、とりあえずは大丈夫。その代わり、心配していなかった店のほうで少し雨漏りしたのだが、前に借りていた店舗では何度も経験していたので慌てることもなかった。

それにしても尋常ではない雨が続いた。縁側にはなんだかわからないキノコが生え、家の中では予想外の場所にカビが生えた。いちばん驚いたのは、猫トイレの砂に生えたカビ。何十年も猫と暮らしてきたが、はじめてのことだった。熟れる前の青々としたイチジクの実が雨に濡れそぼっているのを見て、このまま熟れずにだめになるかもと心配になる。雨になる前は毎日食べていたのに。でも、庭に生息するシダ類は元気だった。調べたら、プテリス・トレムラという名前。もともとは熱帯雨林地域で育つ植物らしいから豪雨でも平気なわけだ。

猛暑のときは夕立でも来ないかと願い、ギラギラと照る太陽がうらめしくなるのに、太陽が恋しくてたまらなかった。ほんとうに人間は勝手なものだ。勝手すぎた罰を受けているのだろう。

近くを流れる坪井川の遊水地では、夏になるとツバメのねぐら入りが見られると、前に伊藤比呂美さんが教えてくれた。とにかくすごいから一度見に来て、と何度も言われ、あるとき友人たちと見に行った。吉本さんもそのひとり。それはほんとうにすごかった。日が暮れて、空の色が刻一刻と変わる時間になると、どこからともなくツバメが現れる。一羽に気付くと、あそこにもここにもと、どんどん目に入る。最初は、まるで遊んでいるかのように湿地帯の上を旋回している。群れの数は次第に増え、ひとつの生き物のように見えてくる。さらに増え、ツバメが無数の点のように見えてくると、次々とねぐらに降りはじめる。数千羽あるいは数万羽のツバメが、湿地帯に向かってひゅんひゅん降りてくる。でも、それは降りてくる、というよりも落ちてくるように見える。夕暮れのほんの数十分間、夢中でその姿を見る。高校生の頃はこの川の横を自転車で通学していたし、わりと近くに住んだこともあったのに、この時間のことを知らなかった。

ツバメは子育てが終わると、日本から去るまでの間、河川敷や葦原などに集まり、集団ねぐらを形成するという。この大雨でツバメはどこにいるのだろう。湿地帯は水没しているはずだ。ねぐらはねぐらとして機能していないだろう。思い出した途端、ツバメのことが心配になる。しかも、せっかく近くに引っ越したのに、忙しさにかまけて一度もツバメのねぐら入りを見に行っていなかったと気付く。渡りの季節になる前に一度見に行かなければと気が急くが、雨が止まないことにはどうしようもない。

ツバメを見に行くのは後回しにできるが、店の営業は雨だからやめた、というわけにもいかない。とはいえ、ワイパーを使っても運転するのが怖いくらいの大雨の中、めったにお客さんが来ない店に出勤するのは気が重い。言うまでもないが大雨が続くと客足は遠のく。出がけに寄った近所のパン屋さんでは、猫が退屈そうに店番をしていた。出入り自由の猫で、ほんとうは外に出たいのだとうらめしそうに雨を眺めている。こんな雨の中を来てくれたから、とパンを一個おまけしてもらった。雨が降るといいこともある。夕方には雨が少し小降りになっていた。

降りはじめて十日ほどが経った頃、ようやく太陽が姿を見せた。蟬の鳴き声はいつの間にかひぐらしに変わっている。いつもよりずいぶん短かった夏が終わろうとしていた。

出勤途中、立ち寄ったスーパーで会計が終わって袋詰めをしていると、「晴れましたね」と顔見知りでもない店員さんに笑顔で話しかけられた。その気持ちはよくわかる。誰かに言わずにおれないくらい、うれしかったのだ。太陽も月も見えず、雨に閉じ込められたような日々が何日も続いたあとの太陽のお目見えは、心の底からうれしかった。光が射し、木々の陰影が地面に映り込むのを見ているだけでじわじわとうれしい。「やっと晴れましたね」と返すと、店員さんは「せんたく……」と言いかけたが、レジに次のお客さんが並び、会話はかき消えた。洗濯できずに仕事に来たことを残念がっていたのかもしれない。

　橙書店に来るお客さんも「晴れましたね」と言わずにおれない。いてもたってもいられず出てきた、と言った人もいた。これは不要不急だろうか。十日ぶりの陽の光を浴びることは。

　帰り道、月も見えた。家に向かうのぼり道の先には山が見える。その山の上にぽかりと、月が見えた。あと少しで満月のようだった。雨ばかりだったから、月の満ち欠けも気にしていなかった。月が見えてようやく、太陽だけじゃなく月も見ていなかったと気が付いた。

　前に住んでいた集合住宅は、ベランダに出ると月がよく見えた。吉本さんとは月友達でもあって、あんばいのいい月が見えると先を競ってメールする。引っ越しの少し前には「明日が最後の満月。ひさこさんが四階から眺める満月の最後の夜だよ。じっくり眺めてね」とメールが来た。

　最後の満月を見るのを、引っ越しの準備に追われてあやうく忘れるところだった。真夜中に思い出してベランダに出ると、ところどころ灯がともった街の上空に、おぼろな月が見えた。ひとり静かに見ていたら、あれもこれもやらなきゃと焦っていた心が少し落ち着いた。

ベランダにじかに座り込んでしばらく眺めていると、記憶がよみがえってくる。近くの公園からはいつも子どもの声がしていた。部屋にはさんさんと陽が射し、猫は気持ちよさそうに寝ていた。顔をあわせると会釈を交わすご近所さんもいた。コロナ禍で足が遠のいていたが、近所にはなじみの居酒屋さんもあった。ここはここでいい家だった。引っ越しはうれしいがちょっとさみしくもある。

探しもの

吉本由美

♪♪探しものは何ですか？
　見つけにくいものですか？♪♪

という井上陽水の『夢の中へ』を歌いながら部屋から部屋へ渡り歩くのがこの頃の日課になった。毎日何かを探している。とにかくもの忘れがひどく、固有名詞は当然のこと、どこに何を仕舞ったかさえも思い出せないことが多い。大事だからと忘れないだろうところへ置いたり入れたりしたはずのものなのだ。それが出てこない……というか仕舞い場所がわからない。立ち止まり、しばし考え、「人生謎だらけ」と呟いては苦笑いする。年のせいか、はたまた認知症の入口に近づいたのか。面白いといえば面白いが、差し迫った用件のときは焦るし苛立《いらだ》つ。メモ、写真、手紙がその多くだが、本もある。本はそのたびに、古書店行きのラベルを貼って廊下の隅や二階の空き部屋に重ねている箱をいちいち開けなければならず、まことにやっかい極まりない。

雨の降り続く八月のその日も陽水を歌いながら、写真好きだった父の残した膨大なる量のアルバムの中から「しまこ」の写真を探していた。しまことは東京の白金台の庭付き共同住宅に住んでいたとき、スルスルと部屋に入り込んできて四日間も居続けたシマヘビのことだ。これは事件！ こんなことは滅多にない！ と、猫と対決しているところやテーブルの下でとぐろを巻いている姿やシャーと威嚇したりニョロニョロと長くなって室内を探検している姿などを写真に撮っていたのだった。

熊本に帰ってきて、この〝世にもめずらしい光景〟はどうしても久子さんほか熊本の仲良しに見てもらいたいと思い探しているのだが、それがもう六、七年見あたらない。皆さんにお見せするため透明ビニールの小さなアルバムに纏めたことまでは覚えている。もしかしたら親の仏壇用写真を探しているときにでも何かの手違いで紛れ込んだのかもしれない、と思い、整理がてら家族のアルバムに手を付けたのだ。それにしても、この残されし家族アルバムの山を見よ！ 子供のいない、受けつぐ人もいない私はそろそろこの山に「要処分」のシールをつけなくてはならないだろう。ああ面倒くさい、ああ難儀なことよ……なんて、重く分厚いそれらをかき分けながら唸っていたら、アッ！ と驚く光景が広がった。二冊の大きなアルバムの間に本が一冊挟まっていたのだ。

それはしまこ同様ここ数年探しあぐねていた幸田文の小説『おとうと』（中央公論社）だった。こんなところに！　と、当然目からはハートマークが飛び出たのだが、同時に、私以外に手に取る人のいない本がなぜ、どうして、こんなところに挟まっているのか？　挟んだのが私なら、では私は何のためここにこの本を挟んだのか？　という謎がわいてきて力が抜けてしまった。まったく自分がわからない。自分はどうしてこの本を探していたのか、今やその理由さえ思い出せない。人生は実に謎だらけである。ため息が出る。でも、まあ、とにかく、謎は謎として右に置き、歳月に茶色く色褪せた母の大切な本をアルバムの山並みから救出し埃《ほこり》を払った。

小説『おとうと』は、体が弱く患いがちな母親に代わり家族の世話に奔走する、今で言うヤングケアラーの女学生の姉と、子供から少年期へ変わりつつある弟との、姉弟愛のお話だ。私にも弟がいるからわかるが、ある時期姉にとって弟は特別の存在になる。手下だった小さい者が急に自我を持ち反撥する、その変化が憎らしいような、愛さないではいられないような、殴りたいような、世話しないではいられないような、戸惑いに満ちた複雑な思いである。その心情が、弟が結核に罹り亡くなるまで姉の目線できりりと綴られている。本当にきりりと……幸田文五十二歳時の黒曜石のような文体である。高校生のとき母から借りて読み、いたく身に沁み、これを入口に幸田文の世界に入ったという記憶がある。

当時は気にもしなかったが、大人になって手に取ると外箱も布張りの表紙も素敵で、装丁は谷内六郎さんだった。さすが、と唸った。セミ、カブトムシ、クワガタ、カタツムリ、そしてゴムパチンコ。少年の面影が伝わってくる絵柄に今改めて魅了された。初版が昭和三二年九月一五日とあるから六十四年も前のものだ。値段は二百八十円。今の時代、このような丁寧で美しい装丁を見ることは少ない。何のために探していたのか本当のところはわからないが、絵柄から受けた感銘を思うと装丁に関してだったような気もする。いずれにしても近日中に読み返そう。高校生のときの感想と七十三歳の感じ方の違いにも興味が出てきた。

八月の記録的大雨は探しものには良かったが、思いもしない惨事（大げさだが私にはこう呼ぶほかない）も招いた。排水溝と室内の電気配線の一部が立て続けにお陀仏したのだ。ともに築六十数年の家に仕えて働いてきた古株で、その老朽化は何年も前から気にはなっていたが目を瞑っていた。それがついに、この〝数十年に一度の記録的大雨〟に負けてしまった。まず外の排水溝の中の陶管が砕け、その一週間後くらいに居間・廊下・玄関・脱衣所・風呂場・勝手口の電気配線がショートして、修復工事の必要に迫られた。今年だけでも、エコキュートの取り替え、雨樋の付け替え、屋根の修理、とメンテナンス工事が続いている。私が戻ってからの十年間を遡ると、施したメンテナンス工事は大小合わせて二十数回にも及ぶ。古い家だからしかたがない、人間と同じ、どこもかしこもボロボロだよね、と、同病相憐れむ気持ちで掛かる費用を振り絞っているが、熊本に戻る前まではこんなに厳しい老後生活が待っていようとは思いもしなかった。家賃がないから楽ちんだわ〜と喜んでいた自分が愚かに見えて哀しい。

けれどめげるわけにはいかない。自分は人生前半がラッキーだったから、後半アンラッキー（とまではいかないにしても）でもしかたがないのだ。前半に運を使いすぎたのだ。「人間は誰しも自分に与えられた運を持って生まれます。その運の量をどう配分し使いこなすかでその人の人生の浮き沈みが決まります」というようなことを、中学生のときだったか、学校帰りに近くの教会で聞いた覚えがある。信仰心皆無の人間だが、なぜかこの言葉はそれからずっと長い間、もう半世紀以上、心のよりどころのように自分の中にあって、つらいときひどい目に遭ったときには必ず出てきて元気づけてくれる。

そういうわけで八月の半ばからお風呂禁止（シャワーもときどき）、台所の水仕事も極力抑えて排水量を減らし、夜の暗い室内は壁際に二つのスタンド照明、手元はランプ、廊下を歩くときや洗面所では懐中電灯で足元手元を照らし、シャワーは明るいうちにすます……という生活を続けた。不便だが、同じ頃の「シチリアに熱波四八・八度」というニュースを見ては「まだマシだ」と我が胸に言い聞かせた。四八・八度とはなんちゅーことか！　日本も大雨に悩まされたが世界中が豪雨、熱波、山火事、と異常気象に見舞われている。けれどそれも人間のまいた種だからしかたがない。近頃はしかたがないことが多すぎるが、荒れ狂う天地の神の怒りを収めるべく自らの暮らしを見なおすしか道はないのだ。

この禁断の生活、最初は不便さにまいったが、人間強いもので慣れてくるとその不便さも「キャンプのようだ」と面白く思えてきた頃の八月下旬、排水溝工事と配線修復工事が順繰りになされた。やれやれである。居間の天井灯がパッと明るく輝いたときは思わず拍手した。キャンプ生活も面白くはあったが、やはり夜の薄暗い室内は鬱陶しかった。若いときなら「仄《ほの》かに明るく居心地の良い間接照明」を喜べたが、年を取ると薄暗い室内は、躓《つまず》くしものもよく見えず、危ないのだ。

そのように、八月末やっと人並みの生活に戻れたものの、楽しみにしていた霧島高原行きが工事日と重なりおじゃんになったのは、返す返すも残念でならない。その頃霧島の美術館で友だちの個展が開催されていたのだ。友だちとは編集者の岡本仁《ひとし》さん。私が『オリーブ』のスタイリングで忙しくしていた八〇年代、彼は『ブルータス』だったか、マガジンハウスの編集者で、〝食いしんぼ〟同士よく一緒に食べに行っていた。横浜中華街ツアーなんて叫んで朝から夜まで食べ歩きしたこともある。今思うとなんて馬鹿な……となるけれど、そのときはたぶん私ら食べ盛りらしかった。

その仁ちゃんが長い長い編集仕事の集大成を霧島高原にある美術館「霧島アートの森」で展示しているのだ（「岡本仁が考える楽しい編集って何だ？」）。これはぜひ行かねばならない。行って、観て、お祝いを言いたい。が、霧島高原は遠い。熊本のお隣だから地理的には近いのだが、熊本からだと公共交通はJR肥薩線（それも途中乗り換えあり）で栗野駅下車、そこから町営バスで二十分あまり掛かる。待ち時間などを考えると午前中が吹っ飛んでいく。日帰りとなるととんでもなく忙しい。しかも現在は昨年の豪雨でJR肥薩線は八代－吉松間が不通だ。どうしたって車利用となる。車のない人間はどうすればいいのだろう。八月の九州の炎天下、老女一人でどうやったら辿り着けるのだろうか……と思いあぐねていたところに日田リベルテの原くんから神のご加護のようなメールが来た。「僕がお連れしますから行きませんか？」と。

大分県日田市でミニシアター「リベルテ」を一人営む原茂樹さんとは仁ちゃんつながりの不思議なご縁で知り合って、意見の合う者同士仲良くしている。しっとりしてこぢんまりして美しい日田の町へ行き、シアター、町、川、仲間という彼の世界を案内して貰ったり、彼が熊本に来たりして、直接会う機会は少ないが、メールで、インスタグラムで、よく語り合う。では今回もご好意に甘え連れて行ってもらおうと思っていたのだが、工事日と重なってしまった。だったら別の日に、と思ってもそう簡単に問屋はおろさぬ。私はヒマでも劇場主で映写技師でもある原くんはそんな頻繁には休めないし、基本東京に暮らしている仁ちゃんもいるかどうかわからないし、と、うだうだ考え別の道を探っていたら、悩みを一掃するが如く「九月から一ヶ月間コロナ禍のため美術館は休館します」との報が入った。あ、はー、もはやアウトか。美術館へ行く楽しみ以外にも高原をドライブしたくてうずうずしていたけれど、ついてないときって実際こういうものだなと虚しくカレンダーを置いたのだった。

家の記憶、ひとの記憶

田尻久子

新しく住まった家は生類の気配が濃い。

夜になると、勝手口の定位置にヤモリが現れる。灯りにあつまるさらに小さな生き物をじっと待っている。時間もほぼ同じでだいたい十時半くらい。ガラス戸の向こう側にいるので、小さな手足が吸盤みたいに貼り付いているのが見える。あまり動かないがときにしっぽを左右に振るので、家の猫が眼を見開いて一緒に見ている。たまらず、はっしと手をかけることもあるが、残念ながらガラスの向こう側にいるヤモリはびくともしないので、猫は釈然としないそぶりで去っていく。

ヤモリが来ているか確認するのが日課になった。どうやら、同じヤモリが毎日来ているようだ。体長は六センチくらい。運がいいと捕食の瞬間に立ち会える。突然、俊敏に動き出したかと思うと、埃と見まがうほどの小さな虫にパクッと食いつく。その姿が見たくて出没する時間になるとついつい姿を探してしまうのだが、寒くなった途端、来なくなった。早くも冬眠状態なのだろうか。来春まで会えないのかと思うと、ちょっとさみしい。

引っ越しの日、最初に歓迎してくれたのもヤモリだった。引越業者さんを誘導しようと掃き出し窓を開けた瞬間、頭に何かが落ちてきて思わず叫んだ。下を見ると、ヤモリがそそくさと逃げていった。歓迎ではなくて、抗議だったのかもしれないけれど。

勝手口のガラス戸の向こうには、大きなカマキリがいたこともある。小さな虫が灯りに寄ってくるので、勝手口はごちそう広場なのだ。りっぱな鎌を持っていて、いつも来るヤモリより大きかった。カマキリはどんなに大きな相手でも威嚇してくる。この間、買い物をしに店に入ろうとしたら、自動ドアの前にカマキリがいた。邪魔しないように気をつけて近づいたのに、カマキリの横あたりに足を置いた瞬間、身体を反らして鎌を上に持ち上げ威嚇してきた。中に入りたいだけだよ、と思いながらそっと横をすり抜けた。カマキリみたいに、大きな力にもひるまない心を持ちたいものだ。

朝は黒っぽい蝶が舞っているのをよく見かける。おそらくカラスアゲハ。優雅に木々のまわりをひらひら舞っている。

困るのはカミキリムシ。自転車をイチジクの木の横に置いているのだが、木屑まみれになっていた。何でこんなことに？　と家人に訊いたら、たぶんカミキリムシがいる、と教えてくれた。ずっと気配だけだったが、イチジクの葉が落ちはじめた頃、ようやく姿を見た。

家の中にもよく虫が入り込んでいる。いちばん驚いたのはクワガタ。ある夏の日、家に帰ったら壁に貼り付いていた。わりと大きかったし、白い壁だからかなり目立つのに、猫はちっとも気が付いていなかった。家が古いとはいえ、エアコンを入れて窓を閉め切っていたのに、そんな隙間があるのかと不思議だった。さすがにすぐ庭にお帰りいただいた。

家の中でいちばんよく見かけるのは蜘蛛。数種類が生息している。洗面所には、引っ越してからこのかたずっとイエユウレイグモが住んでいる。家幽霊蜘蛛、漢字で書くと妖怪みたい。ユウレイグモとはよく言ったもので、脚が細長く白っぽくてきゃしゃなその姿は、たしかに幽霊っぽい。巣がどんどん大きくなっているので、同じ個体だと思われる。巣をはらわないから、居心地がいいらしい。そろそろ下のほうだけでもはらわないと、洗面台に立ったときに頭に巣がつきそうだ。ハエトリグモはそこらじゅうで見かける。目が悪いからうっかり掃除機で吸い込みそうになる。というか、吸い込んでしまったことがある。水切りの受け皿で溺死していたこともあるので、受け皿の水をよく捨てるようになった。なぜそんなに気をつけるのかというと、幼少の頃に祖父に言われたことが忘れられないからだ。

「じいちゃん、蜘蛛がおる」と祖父に訴えると、必ずこう言われた。

「蜘蛛は殺すとでけん（殺してはいけない）、なんもせんけん大丈夫」

子どもの頃、祖父母の家で寝床に入ると、アシダカグモがよく天井に現れた。大きいのは一五センチくらいあるから、それが寝ている顔の正面に来ようものなら怖くてしかたがなかった。あれが顔面に落ちてきたらどうしようと不安で、考えないようにしようと思えば思うほど、顔が蜘蛛で覆われることを想像してしまう。並んで寝ている祖父に知らせても何もしてくれないので、見えないところに消えて欲しいと願うばかり。子ども心に蜘蛛は殺してはいけないと刻まれた。毒を持っている蜘蛛もいるが、たいていは益虫だといまでは知っているから、怖くない。

新しい家にもこの間、アシダカグモが出没した。わりと大きめで、一〇センチくらいはあったろうか。私が騒いだので猫に気付かれた。追っかけたらまずいなと思っていたら、魔法のように天井の隙間に瞬時に消えた。それ以来、見かけない。半年ほど空き家だったらしいから、のびのびと暮らしていたのにうるさいのが入ってきたな、と姿を消したのかもしれない。

引っ越してからは祖父のことをよく思い出すようになった。祖父母がむかし住んでいた場所に越した家が近いからだが、祖母の姿はあまり脳裏に浮かばない。当時、祖母は働いていて、祖父に相手をしてもらうことが多かったからだろう。それに越した家には庭がある。庭は祖父の居場所だった。

夏休みになるとよく子どもだけで祖父母の家に預けられた。活発な子どもではなかったので、外を走り回った記憶はあまりない。たいていは、縁側で本を読むか、庭仕事をする祖父をぼんやり眺めて過ごしていた。

近所の水源地に遊びに連れていってくれるのも祖父だった。線路沿いを通って、八景《はけ》水谷《みや》という水源地まで祖父の自転車で行った。原風景を問われれば、浮かぶ場所はそこだ。その頃に比べると水深が浅くなったが、いまでもこんこんと水が湧いている。帰り道に線路を横切ると、ふっと祖父の顔が浮かぶことがある。祖父は、私や弟が水に入って遊ぶのを少し離れたところで見ていた。いま思えば、祖父は退屈だっただろうし、暑かったに違いない。穏やかで無口な人だったから、木陰でただ私たちを見守っていた。その木は、根が地面に張り出している大きな木で、祖父は根っこに腰掛けていたように記憶している。その木は、いまもある。

古い家に住みはじめて、幼いときの記憶が現在の思考とふとつながることが増えたような気がする。それが家の古さのせいなのか、年のせいなのか、懐かしい土地に来たからなのかはわからない。

家が古いと、前に住んでいた人たちの記憶のかけらのようなものをときおり感じる。縁側の屋根に開いている穴は、最初に見当をつけたビスの場所が間違っていたために穴だけ残ったと思われる。天井の染みは雨漏りの跡かもしれない。かなり増改築をしてあるようなので、クローゼットの中にある灯りは、むかしは部屋の灯りだったのかも。もうふさいであるが、一番小さな部屋の壁には穴が開いていた。子どもが反抗期に蹴って開けたのかもね、と想像をめぐらした。全部間違いかもしれないけど、何かの痕跡ではある。人の営みの。

天井の一角には虫の死骸がずっと貼り付いている。たぶんカメムシなのだが、やけに同じ場所から動かないと最初は思っていた。数日経って、死んでいるということに気が付いた。足が壁紙の凹凸にひっかかっているようで落ちないのだ。取ればいいのだが、なんとなく取れないでいる。この家の最初の記憶のひとつ。いつか落ちるだろう。でも、カメムシの姿は消えない。天井を見上げるたび、引っ越してきたときに天井にカメムシの死骸がぶら下がっていたな、と思い出すはずだから。

新しい家は人の声がよく聞こえる。家が木造だからだろうが、ご近所さん同士でよく会話が交わされるからでもある。集合住宅よりご近所さんとの距離が近い。以前住んでいた場所でも、公園で遊ぶ子どもたちの声が聞こえたし、ベランダに出ればご近所さんの声が聞こえることもあった。でも、すれ違いざまに交わす言葉は挨拶ぐらい。この辺りでは、それが会話へと続く。

私の起きる時間がまわりの人たちに比べると遅いせいもあるが、起きた瞬間に声が聞こえたりもする。夢うつつでぼんやりと布団の中にいるときに、時候の挨拶や、たわいもない会話が聞こえてくるのはわるくない。身体の具合をおもんばかったり、樹木の剪定の労をねぎらったりする言葉が聞こえてくる。

引っ越しの挨拶に近所をまわったとき、わからないことがあったらなんでも訊いてくださいね、とどなたも言ってくださった。家人は朝が早いので、よくご近所さんと会話を交わすようだ。出かけるときに出くわせば、「いってらっしゃい」と声をかけてくださるらしい。私は生活時間帯がずれているので、ご近所さんと顔をあわす機会が少ない。お隣さんに回覧板を持っていき久しぶりに顔をあわせたら、遅くまで電気が点《つ》いているから夜中トイレに起きたときに明るくていい、と言われた。たいてい、夜中過ぎまで仕事をしたり、本を読んだりしている。夜更かしが誰かの役に立つことがあるなんてはじめてだ。

引っ越してすぐに、出勤をしようと玄関を開けた途端、道行く高齢の女性と目があったことがある。慌てて「こんにちは」と挨拶をすると、「こんにちは、……ございます」と思ったより長い挨拶が返ってきたが、はっきり聞き取れなかった。なんと言われたのかと考えながら車に乗り込み、しばらくしてから気が付いた。

お暑うございます。

夏の真っ盛り、じりじりと暑い日だった。ほんとうに暑いですね、毎日。言いそびれたことを残念に思いながら店へと向かった。引っ越したばかりで、私の挨拶はぎこちなかったに違いない。

若い頃だったら、近所づきあいを億劫だと思ったかもしれない。若い頃というのは、ほうっておかれたいものだ。いまでは、むしろありがたいと思う。

熊本地震を体験してからは、なおさら。本震の最中は、今日死ぬのかもしれない、と本気で思った。そう感じた人は多かったようだ。でも、揺れが少しおさまり、近所の人たちが家から出てきてなんとなく会話を交わしはじめたときの安堵感は忘れがたい。当時は大家さんの敷地内にある古い貸家に住んでいた。もともと挨拶くらいは交わしていたが、それからお互いを気遣うことがさらに増えた。近所に住んでいる人の顔がわかっているということは、非常時には何より役立つ。

聞こえるのは、人の声だけじゃない。鳥の声はもちろんのこと、夏は蟬しぐれ、虫の羽音、まかれる水の音、秋になったいまは枯葉が風に吹かれてからからと地面を走る音や、近所の人が木の剪定をするチェーンソーの音などが聞こえてくる。人の営みと生類の営みの音がほどよく混ざる。

夏から初秋にかけては、庭のイチジクの実が熟すのを毎日心待ちにして過ごした。収穫するのが早すぎるとかたくて味が薄いし、遅すぎると蟻まみれになってしまうから、毎日確認した。朝起きて庭を眺めると、ほどよいのがひとつふたつは見つかった。でも、しばらくしたら経験したことがないような真夏の長雨がはじまり、イチジクは青いまま実をかたくしていた。このまま今年は不作で終わるのだろうと残念に思った。

引っ越したとき、イチジクの枝がのびのびと道にはみだしていて、落ち葉の季節になる前に剪定をしないと近所迷惑になりそうだった。大家さんはどのくらい剪定していたのかと家人がご近所さんに尋ねたところ、「もったいなかけん、実が熟れてしまってから伐ればよかよ」と言ってくれたそうだ。長雨のあともしばらく様子を見ていたのだが、もう食べられなさそうだねと、実がなっている枝も思い切って剪定をした。ところが九月になると気温が上がり、残っていた実が赤くなりはじめた。雨が続く前に収穫したものほど甘くはなかったが、十分おいしい。いくつか採りためて、ジャムもつくった。気候がよければ、来年はもっとたくさん採れて、おすそわけもできるかもしれない。

イチジクの木は、実だけじゃなくて木そのものがほのかに甘い匂いがする。夏の朝、窓を開けて最初に気付くのはイチジクの匂い。もしいつかこの家から引っ越したら、この匂いが恋しくなるのだろう。肌が焼けつくような暑さの日に、どこかの街角を歩いているとき、風にのってイチジクの匂いがかすかに運ばれてくるようなことがあれば、私はいま住んでいる家のことを思い出すはずだ。まだ引っ越したばかりだというのに、そんなことを考えている。

味噌天神まで

吉本由美

庭が晩秋の装いになるのを待って草毟りをした。ひさしぶりの庭の手入れ、草たちも夏場の意気軒昂から「早く毟ってくださいな」という枯れ草顔に様変わりしている。草毟りといえば普通は夏やるべきものだが、私は〝秋こそがそのとき〟と思っている。夏場の草はさしあたり二十代の若者で、葉も根もやたらと元気があって向かうところ敵無し状態。とても老女の腕力では対戦できない。以前はシルバー人材センターの草毟り隊に来てもらっていたが、自分で何とか処置できるよう二年前、〝年寄りにやさしい庭〟に造り変えている以上頼めない。なので庭が草生い茂る廃虚のような荒んだ光景となろうとも、目をつぶって、一〇月後半まで放っておいた。

熊本に戻って再確認したのだけれど九州の夏はやたら長い。一〇月に入っても暑さは続き陽差しも強く、ここに四季というものはないのだろうか、と、あきれてしまうが、よくしたもので一〇月後半、急に朝晩冷え込んでやっと草木が秋に目覚める。庭ぜんたいに黄色味が増し、噴かしまくっていた草たちもしだいに勢いを失っていく。雨風に当たってはうなだれたり倒れたり。そのときがいよいよ庭主の出番である。待ってました、と腕まくり……まではやらないけれどゴム長にジーンズの裾をたくしこみ満を持して庭に出る。今や相手も〝たそがれ〟となった以上、戦の条件は同じである、対峙するに怯むことなし。

　夏の草々の根力《ねぢから》には老女の力ではとても対応できなかったが、秋の彼らは驚くほど弱々しく、というか従順になっている。今年の夏の主なる支配者はツユクサで、のさばりまくっていたけれど、今はちょっと引っ張るとづるづると芋づる式に繋がってごっそり根っこごと引き抜ける。

　そうやって二日かかって毟り取った草ゴミはなんと四〇リットルゴミ袋十四個分にも及んだ。一気にゴミ出ししてはご近所から顰蹙《ひんしゅく》をかうので少しずつ出し、まだ幾つか残ってはいるが、やはり雑草たちが消えた庭は清々しい。そしてそれを喜んでいるのは私だけじゃない。最近見かけなかった雀の集団、ムクドリ、ヒヨドリ、ジョウビタキ、そして可愛いハクセキレイたちが、久しぶりに掘り返され深い匂いを醸し出している地面に集まり、地中に眠っていた虫たちをチュンチュクチュンチュク啄《ついば》んでいる。するとそれを狙って庭猫のマミ一家が庭を駆け回る。鳥を狙うのは猫の習性なので駆け回ってもしかたないが、困るのはそのついでのように、特に丁寧に草毟りしたゆえ土の最もやわらかい「動物たちの墓」の上を掻き回し掘り返すことだ。

除雪機か？　と思うほどに激しく掘り返したあとは、おもむろに腰を落としてオシッコをする。その後再び除雪機と化し、右や左から土を振りかけ小山を作る。やわらかい土の上でオシッコをするのはそりゃあ気持ちのいいことだろうが、「動物たちの墓」の上がモーグルの試合会場のようなことになって、それはそれで気にかかるのである。「動物たちの墓」には歴代愛した猫や犬、ウサギやインコ、カエル、トカゲ、ヤモリたちがたくさん眠っているが、彼らはもはや土に返っているはずだからかまわない。かまうのはそこに二年前参加した久子さんの愛猫チャチャオくんと一年前参加した私の愛猫コミケが埋まっていることだ。二匹ともまだ骨になったばかりと思う。もちろん深く埋めたから掘り出される心配はないにしても、その上にマミ一家のオシッコが連日続々投下されるのは、ちょっと気持ちが落ち着かないわけである。

それで対策として、畑を作ったとき使って残っている緑色の猫侵入防止ネットを上に広げた。翌日見るとそれまでも掻き回されて丸まっていたから、広げ直し四隅にレンガを置いて重しにした。けれど見栄えが悪い。せっかくすっきりした庭にボロの繕いあとのようなネットが目障りだ。そこで、何か良い対策はないものかとホームセンターまで材料探しに出かけた。

ホームセンターが好きだ。様々な材料や資材の中から求めるものを探し出すのが愉しくてしかたがない。あ、こんなのがある、という新しい発見も多く、これを使ったら何ができるかとあれこれ思い巡らせるのも堪《こた》えられない。インテリアのスタイリストをしていたときは仕事と趣味の二本立てで郊外のどでかいホームセンターによく行った。ロケバスでホームセンターに行く日は朝からうきうき、遠足に行くのと変わりなかった。それが一九七八年に様変わりする。渋谷に東急ハンズがオープンしたのだ。DIY(Do It Yourself)を謳い文句に、素人が自分の手で何かを作ったり修繕したりするための材料や部品が、日本でいちばん繁華な街のど真ん中に集まった。プロも大いに活用する郊外のホームセンターほどではないが、素人あるいはスタイリストには充分すぎる品揃えだった。残念だったがその時点で私の〝ホームセンター遠足〟は終わった。

それが再開したのは熊本に帰ってきてからだ。すでにスタイリストはやっていないが、何しろ古い家なので修理仕事には事欠かず、ホームセンターがお助け場となった。しかし(これはどこでも同じと思うが)広大な土地を要するホームセンターはどうしても郊外に建ち、車のない私には行けない距離にある。それでも何とか、弟が帰省するのを待ってとか、車で遠出の取材仕事のとき編集者に頼んで寄るとか、いろいろと策を講じてときどき出かけていた。

年はとってもホームセンターはやはり遊園地だ、行くと愉しい。何時間でもいることができる。近くにあったらなあ、というのが長年の願いだったが、それがついに叶ったのだ。数ヶ月前、ウチから自転車で十分ほどのところに全国有数のホームセンターが進出したのだ。九品寺《くほんじ》という街の中心部入口に位置する一角である。今までは日常の必要物ならスーパーと併設の小さなホームセンターに毛の生えたようなところで探してお茶を濁してきたが、今度は本格的店舗である。探し甲斐がある。夏場は豪雨や猛暑が続き自転車お出かけは見送っていたが、今は秋。猫侵入防止対策が見つかるかもしれないその場所へ、他のいろいろな必要リストも携えて、いざ馳せ参じるぞと自転車を出した。

ホームセンターで遊ぶこと二時間。微に入り細を穿《うが》ち探した結果、収穫物はほぼ八割。しかし小さな砂利を敷き詰める以外肝心の猫侵入防止対策の妙案は浮かばない。時間が経ち庭土の表面が固くなったら掘り起こしもやむかもしれない。もう少し様子を見ることにして外に出た。外は電車通りである。熊本のトラム(市電)は、市街東部の動植物園や湖のある健軍《けんぐん》から街中を抜け、市の中心辛島町《からしまちょう》の先でY字形に分かれ市街西部の熊本駅方面と市街北部の上熊本駅まで走っている。ここ九品寺の電停はその長いY字の半分より東の方に位置する。

天気が良かったので自転車を降りて舗道を歩いた。二、三分おきに西から東から、ドイツだか北欧だかの車体の低いエコ車両は音もなく、昭和から引き続き頑張っている古い車両はゴトゴトと音を立て、トラムが行き交う。抜けるような青空である。まさしく秋、のどかなり。せっかくだから〈ジェイ〉に寄ろう。九品寺から電車通りに沿って健軍方面に五、六分歩くと味噌天神である。より子さんの営む〈画廊喫茶ジェイ〉はその味噌天神前電停の真ん前にある。お腹も空いてきているし、そこで美味しいランチをいただこう。今日は歩くのに絶好の日だ。

左に九州学院が見えた。久しぶりに見たらあれ？　どうも様子が変わっている。まず門が新しい。確か昔はごつごつした石造りだった気がするが。門から見える構内も建物が違う。確か昔は楚々とした風情の校舎で向こうに見える礼拝堂がほどよく厳かで美しかった。共にウィリアム・メレル・ヴォーリズの建造物だ。ヴォーリズは明治の終わりに宣教を目的に来日したアメリカ人の建築家で、昭和初期まで日本各地にホテル、銀行、ミッションスクールの洋風建物を建て続けた。九州学院は今年で創立百十年というから大正年間に建ったのだろう。私が校舎を眺めたり礼拝堂に忍び込んだりしていたのは小学校高学年のときで六十年も前の話だ。近くにサキという同級生が住んでいて、そこに遊びに行った帰りにときどき探検した。子供ながら礼拝堂の何もかもが美しく清らかに思えた。薄暗くなり始めた頃忍び込むとステンドグラスが重々しく輝き、その暗い色調にうっとりしたものだ。

百年を超えた建造物だから建て替えられていても不思議ではない。が、しかし今日にしている、どこかしら人を威圧するような大きな建物には違和感を覚える。九州学院に何ら関わりのない人間が違和感を覚えてもしょうがないけど、でもいくつかは関連事項がある。そのひとつが、ここから東京ヤクルトスワローズの四番打者である村上くん（村上宗隆選手）が巣立ったということだ。ここ数年私たちスワローズ・ファンに喜びを与えてくれている彼はこの学校の野球部出身なのである。彼がスワローズに入団した年、街を歩いていたら見知らぬ女性から声を掛けられた。「ヨシモトさん！　私も今年からヤクルト応援しますよ！」と。突然の話でぽかんとしていると「息子が村上くんと同じ野球部の後輩なんですよ。もう、ゼッタイ目指せ優勝！　ですね」と笑ってエイエイオーのように腕を振り上げ去って行かれた。よく私とお判りでスワローズ・ファンであるのもご存じだったなあ、と振り返りながら感心したのだが、熊本には数少ないスワローズ・ファンが村上くんのおかげで増える予感がして喜んだ覚えがある。

そして九州学院の野球部にはもうひとつ思い出がある。それは柳田俊郎くんだ。中学一年のときの同級生で机が隣同士だった。大きな柳田くんの隣に小さな私がいた。すでに彼は少年野球チームのスターで中学の野球部主軸、野球好きの私とは話が合った。中学三年生のときのある放課後、学校中が大騒ぎになった。ジャイアンツの川上哲治監督が柳田くんを見に来たのだ。私も走ってグラウンドへ行った。野球の神さま川上さまがベンチのそばに確かにおられて柳田くんのスイングを見学されていた。これは事件だと私は思った。それで翌日、なんで見に来られたのか、アドバイスか、スカウトか、うるさく聞いた。

中学を卒業すると彼は九州学院へ進み野球部に入った。私は別の学校だったから九学のときの彼の活躍はよく知らないが、ときどき泣き言のような手紙が来た。あまり調子が上がらなかったようだ。九学を卒業すると一九六七年、ドラフト二位で西鉄ライオンズに入団した。そしてまた、泣き言のような手紙がときおり届いた。見た目はあんなに大きくて頑丈そうなのに心はガラス細工のように繊細ってか、と私は思った。こちらとしてはがんばって下さいね、という返事しか書けない。その頃私は東京で「セツ・モードセミナー」や「アテネ・フランセ」に通ったりして忙しかった。ライオンズの試合がテレビ中継されることなどほとんどなかったから彼の活躍もわからなかった。泣き言手紙も来なくなった。

それからどういう経過があったのかは知らないけれど、一九六八年、突然のジャイアンツ入団発表である。なんで！　と私は逆上する。ジャイアンツなんかに！　私はジャイアンツが自民党と並んで嫌いだ。そんなところへ行くなんて。裏で川上さんが動いたのだろうか。

ジャイアンツの試合は観ないので詳しくは知らないが、「巨人軍（なんで軍を付けるんだい?!）史上最強の五番打者」と騒がれその後しばらく柳田くんは大活躍したらしい。どのくらいまでジャイアンツで現役を続けていたのかは知らない。気が付けば名前を聞かなくなっていたが、数年後ひょっこり〝歌手デビュー〟なんて噂が風の便りに聞こえてきて腰が抜けそうになった。なんで？　と思ったが、人の仕事に他人があれこれ言うものじゃない。何かしら俊郎くん（成人して「真宏」に改名）も数奇な運命を歩んでいるなあ……と思っただけである。

みたいな話を、五年前だか地震お見舞いに村上春樹氏と都築響一氏ご来熊《らいゆう》の際、ついお酒に絆《ほだ》されてしゃべってしまったのだ。「エーッ、あの柳田と付き合ってたの?!」と、聞かされた二人の喜び様といったら尋常ではなかった。付き合っていたわけではない、と弁解しても、「今からでも会いに行こう、柳田くんに！」と騒ぐ。響ちゃんすぐにスマホで検索、現在の柳田くんを捜し当てる。「お、八王子にいるよ！　八王子でスナックやってるよ！　スナックならいつでも行けるじゃない、行こうよー」とはしゃぐ。

「ヨシモトさん、こうなったら行くしかないよ」と春樹さんも煽る。その夜は二人のはしゃぎぶりを押さえるのに大変だった。

なんて、歩いているといろんな思い出がそれこそ走馬燈のように頭を過《よ》ぎる。この近所にサキとよく行った美味しいうどん屋さんがあったな、とか、この先に確か床屋さん（今は理髪店と呼ぶそうだが当時は床屋さんだった）があったな、とか。その床屋さんのドア脇には小さな窓があり、そこに公衆電話が置かれていたな、とか。ある日の夕方、サキの家から電車通りに出ると薄暗くなっていた。ウチに電話して迎えに来てもらおうと思った。暗くなったらそうするように固く親に言われていたのだ。

電話しようとお財布を広げるとカラッポに近い。今日はうどんを食べて漫画を買ったから十円玉一枚しか残っていない。一枚でもあって良かったと十円玉を右手に持ち公衆電話の受話器を上げると、ピャーッと店の奥から何かが走り出て来て十円玉を摑んで去った。驚いて、ちょっと先の小棚の上にいるその何かを見ると、黄色い小さなポケット・モンキー（当時この名で呼ばれていたリスザル。飼育するのが流行っていた）で、得意げに片手に十円玉を持ち、二本脚ですっくと立ってこっちを見ている。お腹が真っ白なのに驚きつつ、それっ、と手を伸ばしたら十円玉をパクリと啣《くわ》えた。わわわわーと叫んだ私である。十円玉はあれっきりだ。猿は嬉しそうに口の中で十円玉をぐるぐる動かす。猿の両頬が十円玉の動きに合わせ右に左に膨らんで、それが何かに似ていると思ったら歯磨きをしている父親だった。すみませーん、と、奥にいる白い仕事着のおじさんを呼んだ。わけを話してレジから新しい十円玉を出してもらった。ホッとして受話器を取り十円玉を入れ、繋がるのを待っていると、おじさんが猿の口から十円玉を取り出した。筋を引いて猿の口から出た十円玉は涎《よだれ》にまみれていた。

なんて思い出し、いちいち立ち止まっているからなかなか味噌天神に到着しない。電停はもう見えているのだけれど、話長すぎ……か。味噌天神のことは次回に回そうと思う。

冬の到来

田尻久子

朝起きたら台所に柚《ゆず》が枝ごと置いてあり、一筆添えられていた。今年は柚がたくさんなったので　お鍋のお供にどうぞ。手紙があるってことは手渡されたわけではなさそうだと思い、家人に訊いたら、縁側に置いてあったという。お隣さんが朝早くに剪定して、起こさぬようそっと置いてくださったようだ。お隣さんからの到来物など、集合住宅ではついぞなかった。家が変わると、生活もちょっとだけ変わる。

とはいえ、店を営業していると到来物は日常茶飯事だ。それをお客さんにおすそ分けすることもある。この間は、クリスマスバージョンのパッケージに入った「クルミッ子」をいただいた。クルミがぎっしり詰まった焼き菓子。鎌倉紅谷《べにや》の人気商品。おなじみのリスはサンタの帽子をかぶって、煙突から出てきたところを描いてある。私と吉本さんは月がきれいだと教え合う「月友達」だが、「クルミッ子友達」でもある。二人とも「クルミッ子」が大好きだから、いただいたときは分け合うという暗黙の了解がある。通販で買えるよと人から言われたりもするのだが、私たちには「買っちゃだめ」という暗黙の了解もある。いつでも、どこでも手に入るなんてつまらないからだ。それに、私たちは「クルミッ子」を食べるとある人を思い出すのだ。どうせなら一緒に思い出したい。

もともと出不精だが、庭のある家に引っ越してからは、以前にも増してどこにも行かなくなってしまった。庭の木を眺めるだけで満足している。数年間、空中（四階建て集合住宅の四階）で暮らしたので、身近にある土の恩恵をしみじみと感じている。庭と言っても、縁側の前に一メートルくらいの幅の地面があるだけだが、吉本さんいわく、「広いと大変なんだから、そのくらいがちょうどいい」そうだ。

仕事以外で出かけるのは、スーパーか病院か銀行くらい。最近では店舗営業以外の仕事が増えてしまってこなしきれず、休みもたいてい家で仕事をしている。ひとりブラック企業だとお客さんによく言うのだが、「もう若くないんだからほどほどにしなさい」と最近では笑ってもらえなくなった。

家から見えている立田山にも、引っ越してからまだ行っていなかった。引っ越し先が立田山に近いってあんなに喜んでいたのにまだ登ってないの？　とこの間、友人にも呆れられてしまった。家から歩いて数分のところに地元の人にしかわからないような登り口があるのだが、引っ越してすぐに入り口付近に行ったきり。次に会うときには、胸を張って「立田山に行ってきた」と言いたい。仕事は相変わらず山積しているが、久しぶりに切羽詰まった案件はない。ほんの小一時間散歩するくらいの余裕はある。

次の定休日は、秋晴れの散歩日和だった。ついでに食材を買いに行きたかったので、家の近所の登り口ではなく、少し離れた、駐車場のある登山口まで行くことにした。と言っても、車で二、三分の場所。

たどり着いて車から降りるとすぐに、猫の鳴き声が聞こえてきた。誘われるように声がするほうへ歩いていくと、道をはさんだ向こう側に池がある。案内板には「サクラ池」と書いてある。春にはサクラが咲くのだろうか。猫はサクラ池のほとりで、鳴きながら視線を送ってくる。呼ばれているのかと思って近寄ってみると、あと一メートルほどの距離で逃げ、今度は私が来た方向へと渡っていってまた鳴いている。何かくれよ、でも触んないでよ、といったところか。そう訴えられたところで、私は携帯電話と車のカギしか持っていない。耳先がV字にカットされているからおそらく地域猫で、ごはんももらっているようだ。切羽詰まった感じでお腹が空いている様子もなく、痩せこけてもいない。

何度もつかまえて無駄に怖い思いをさせないように、不妊手術を施された野良猫は、手術のための麻酔が効いている間に目印に耳先をちょこっとカットされる。カットされた耳はサクラの花びらのように見える。不妊手術も地域猫の証も、猫が望んだものではないだろうが、現時点での日本社会ではこうしないと野良猫は地域住民から疎《うと》まれることもあるし、最悪の場合、殺処分になってしまう。サクラ猫と呼ばれるそうだが、地域猫の証があれば首輪をしていなくても捕獲されることはない。野良猫は野生動物ではない。人間の財産の番人として連れて来られ、屋外で飼育されているうちに繁殖してしまったり、棄てられたりして、野良猫になった。

自分の耳がサクラの花びらのようであることなんておそらく気にもしていない黒猫は、いつまでもにゃおにゃお鳴いているのだが、もう一度近づいても相変わらずつれない。手ぶらの私には用がないらしい。あきらめて周囲を見渡すと、頭上には満開の山茶花《さざんか》。最初は椿かと思った。次の日に、撮った写真をお客さんに見せたら、「山茶花では」と言われて写真を見返すと、木の下には花びらが散っていた。椿なら花ごと落ちるはずだから、確かに山茶花だ。子どもの頃、落ち椿でままごとをしていたのになぜ気づかないのかと、自分の観察眼のなさにがっかりした。

しばらく歩いていると、鳥の大合唱が聞こえてきた。いろんな種類の鳴き声が聞こえてくるが、カラスしか聞き分けられない。これが人間だったらさぞやうるさいだろうが、鳥の声はなんて心地いいのだろう、と思いながら歩いていると、急に話し声が聞こえてきた。山にいる人は、あまりしゃべらない。一人で歩いたり、走ったりしている人が多く、すれ違いざまに挨拶をするぐらいだ。珍しいなと思って声が聞こえてくるほうを見ると結婚式の前撮りをしている。そういえば、駐車場にでかいワゴン車が駐まっていた。

「いいですよー。はい。ちょっとそのままで」

せっかく人間の営みの場をしばし離れて山に来たのだから、彼らには悪いが、方向転換をした。鳥のさえずりや落葉の音にまじって、遠く工事の機械音がする。人間のたてる音だけが騒々しい。

しばらく登ると分かれ道に出た。頂上へ向かう道とは別に「椋《むく》の木展望所」と書いてある矢印があった。ずいぶん前だが、頂上へは別のルートから登ったことがあるので、椋の木展望所へ向かってみる。ひっそりとした道で、行き交う人もいない。頂上を目指す人のほうが多いのだろう。落ち葉のじゅうたんを踏みしめ、ときおり巻かれている木の名札を眺めながら登る。ツブラジイ〈円椎〉の説明には、果実がまるいからこの名がついたと書いてあり、クリやクルミに次ぐほど実が美味、とも書いてあって気になる。倒木は街中にあると脅威だが、森の中では、木や草はそれぞれが独立して存在しているようには見えず、りっぱな大木だろうが、倒れた木であろうが、土の中でいのちがつながっているのだと感じる。ごく自然にそう思える。

突然、視界が開けたかと思うと街並みが遠くに見え、すぐに紅葉した山が眼前に現れた。いちばん見晴らしのいいところまで行くと、なるほど椋の木が一本たたずんでいる。こちらへどうぞとばかりに丸太が一本、椋の木のうしろに、椅子代わりのように地面に埋め込まれている。方角を確認すると、見える街並みは私が住んでいる住宅街の方向だ。丘と言ってもいいような低い山だが、見事に秋の色で彩られている。新参者のくせに、なんだかとても誇らしい気持ちになる。宅地開発が途中でとまったので残った緑地だ。なくならなくてほんとうによかった。壊すのは簡単だが、戻すことは難しいどころではない。

眺めに満足して下山していると、真っ赤に紅葉したヤマモミジの前に初老の男性が立っていた。近づいても歩き出す気配がないので、「きれいですねえ」と声をかけてみた。実は人見知りで、店で接客をしていても知らない人にはなかなか自分からは声をかけられないのに、なぜか平気で話しかけていた。紅葉の美しさを誰かと共有したい気持ちが勝っていたのだろうか。おじさんははにかんだような笑顔を浮かべ、こうおっしゃった。

「おるはこがんして眺むっとが好きですもん。とにかく見っとが好き」

ひととき二人で紅葉を眺めていたが、私が写真を撮りはじめると、「次に行きますけん……」と分かれ道の先へと登っていかれた。こんなふうに眺めるのがとにかく好きだとおじさんは言い、たまにしか来ない私のような人間はつい無粋なことをしてしまう。毎日のように歩いていらっしゃるのかもしれない。どの道がどこに続いているかもすっかりわかっているのだろう。おじさんには、挨拶をしてまわる木がたくさんあるはずだ。またいつかすれ違いたいなと思いながら背中を見送った。

落ち葉の上を歩くのは、ふかふかしてとても気持ちがいい。歩きながら、関東に住んでいる友人のりっこちゃんの言葉を思い出した。先日、彼女が熊本に久しぶりに帰省したときに会ったのだが、熊本に着いたら道路に葉っぱが落ちていてうれしかった、と言っていた。最初、意味がわからなかったのだが、彼女の住む街では街路樹は強剪定されていて、葉っぱはまったく落ちていないそうだ。あとから街路樹の写真を見せてもらったのだが、枝がまったくなくて電柱のようだった。私の家のまわりだって道路はすべてアスファルトなので、落ち葉を散らしっぱなしというわけにはいかず、各々の家で掃除しなければいけない。けれど、数日掃かないくらいで目くじらを立てられたことはない。歩きながら、彼女とこの道を散歩したいなと思った。落ち葉を蹴散らしながら歩いてほしい。

山から下りると、もうひとつの目的地を目指した。周囲のスーパーはすべて把握していると思い込んでいたのだが、こぢんまりした、いかにも地元のスーパーという風情の店が近所にあることについ最近気がついた。

入り口には産地直送の野菜が安価で並んでおり、期待が高まる。店内に入ると、狭いながらも活気があって、季節の飾りつけもしてある。スーパーなのに、メダカを売りはじめました、という謎の貼り紙もある。品数は多くないが生鮮食品が充実していて、とりわけ魚が安くて新鮮だった。魚と蕪を買って満足して会計をすませ袋詰めしていると、お客さんの声が聞こえてきた。

「この間はどーもー」

「いいえー。若っか人はあんパンなんかは好かんもんねえ。洒落たとが好いとらすけん。最近はお洒落かお菓子のあっでしょうが。贅沢だもんねえ」

知り合いとばったり会って、いただきもののお礼でも言っているのだろう。私はまだスーパーでご近所さんと遭遇したことはないが、そのうち会うこともあるのかな、と思いながら店を後にした。

スーパーの前で出張販売していたコロッケをお昼ごはん代わりに車の中で食べながら

家に帰ると、猫たちに「どこ行っていたのさ」という感じでにゃーにゃー文句を言われた。出勤するときに家を出るのと、ちょっとそこまでのつもりで家を出るのでは、出かける前の行動が変わるが、猫にはそれがばれる。ちょっとそこまでという感じで出かけたのに二時間以上かかってしまったので、遅いと非難されたのだ。しばらく猫のご機嫌をとり、仕事でもするかと思ったが、うちの落ち葉も散っているかもと急に気になる。

落ち葉を掃くのは正直面倒だが、「落ち葉を掃く」という行為がしごくまっとうな人間になれたような気分にさせてくれるから、嫌いではない。

夏の楽しみだったイチジクの木は、いまでは風に吹かれて葉を散らしている。寒いのにいくつか残った実が熟れていて、この小さな庭にまで気候変動が影響しているのかと思ったりもする。椿は、まだつぼみをかたく閉じている。イチジクと椿の間になぜか一株だけあったバラは、秋になるとピンク色の花が一輪だけ咲き、枯れた。

ヤモリが姿を消して、柚をいただいて、落ち葉が散り、枝と枝の間からは陽が差し込むようになった。冬の到来だ。

味噌天神にて

吉本由美

味噌天神とは、その名の通りお味噌を祀る小さな神社で、地元の人に親しまれている天神様だ。

今日の目的地である〈画廊喫茶ジェイ〉は味噌天神の二軒隣りにある。今年（二〇二二）で創業五十五年という老舗で、熊本地震での被災後しばらく閉めていたのを二年前、古材の再利用などで再開した。再開後も外観・店内ともに以前とほぼ変わりなく、絵も飾られて、相変わらずの落ち着いた雰囲気を醸し出している。この店のオーナーが私より幾つか年上の永田より子さんだ。着物もパンツ・スタイルもよく似合うきれいな人だ。ご近所さん、絵を描く人、何十年も通う常連さん、などが集うこの店を半世紀以上ご主人と二人で営んできたが、再開後は（アルバイトさんがいるにしても）より子さん一人で取り仕切っている。頭に〝画廊喫茶〟とあるのは絵を描くより子さんの意向で、店内がそのときどきギャラリーとなるからだ。

扉を開け「久しぶり〜」と顔を覗かせると、「あ、来たねー、待っとったよー」と親しみ溢れる声で迎えてくれた。より子さんのこの〝親しみ溢れる声と口調と笑顔〟にみんなやられてしまう。それに触れたくてまた来てしまう。より子さんは小柄でキリッとして栗鼠《りす》のお母さんのようにテキパキしている。〈ながた〉の女将でいた頃の白い割烹着姿、〈ジェイ〉での黒いエプロン姿、それにくるっと纏めた銀髪がよく映えて美しい。カウンターに張られた飛沫防止のビニール越しにお喋りする。鬱陶しいが安心でもある。

メニューにはごくごく当たり前の喫茶店料理が並ぶ。それはたぶん何十年も変わらない顔ぶれで、たぶん味も変わらないと思う。そのことにものすごく郷愁を感じ、かつ安心する。今日はランチセットでナポリタンを頼んだ。ごく普通のナポリタンだがより子さんの手に掛かると「懐かしいっ!」という味に変わる。彼女の料理の腕前は〈ながた〉で充分わかっているので、ごくごく普通の喫茶店料理がどう彼女の味に変わるかに興味が湧くのだ。この前は東京から帰省した弟と来てピラフと焼きうどんを頼んだ。より子さんファンの弟は「すごく当たり前で、でもどこにもない味だよね」と言っていた。もっと頻繁に来店してメニューにある料理を踏破しようと思うのだが、コロナ禍のここ数年、家から出るのに難儀して願いはなかなか叶わない。

私がより子さんと知り合ったのは熊本に戻って一年後くらいだから早くも十年が経つ

けれど、店前を掃いて開店準備をしていた彼女の白い割烹着姿は今も目に鮮やかに残っている。まだ熊本の街がよくわからず女一人でも気楽に入れる食事処を探していた私は、その（まるで小津映画のワンシーンのような）光景に「ここだ！」と閃いたのだ。

間口の狭い店の戸が引かれていたので中を覗いた。カウンターが奥に繋がる細長い小さな店だ。表のこれも小さな看板に〈真心御飯 なが田〉とあった。うん、ここだ、ここだ、と頷いてその日は去った（まだ開店前だったので）。

初めて〈なが田〉に入ったのは家や庭の手入れに帰省していた弟と、だったか。「初めてですがいいですかー？」と覗くとカウンターの中からあの割烹着婦人が顔を出し「ああ、よかよー、入って、入って」と言い、促されて彼女の示すカウンターの真ん中に腰を据えた。そこに座っていたお客さんたちが「はい、ここ、ここ」と動いて席を譲ってくれたのだ。感動して弟と目を丸くした。

カウンターにはお総菜が盛りつけられた大鉢が様々に十種類ほど並んでいた。割烹着婦人の背後の棚に掛かった小さな黒板に今日のおすすめ（だいたい刺身）が書かれていた。狭いカウンターの中で、割烹着婦人は注文を受け、料理を出し、器を洗い、客と喋って忙しくしていた。三皿ほどの注文を告げたあと、「一人でやっているんですか？」と聞くと忙しく手を動かしながら「ううん、あとでお父さんが来て手伝ってくれると」

という返事。八席ほどのカウンターはまだ七時過ぎなのにすでに満席だ。たった一つある窓辺の四人掛けテーブルにも客がいたので、それを知ってホッとした。十年くらい恵比寿の小さなバーでバーテンダー修業をしていたからか店の混み具合は他人事でなく気に掛かるのだ。

とはいえ、婦人のお父上が手伝いに？　かなりの御高齢と思うけど大丈夫なのか？　と〝はてなマーク〟が浮かんだが、すぐに解消した。途中から現れた助っ人は婦人と同年輩の男性で、ご主人だったのだ。聞けば三軒先の喫茶店、つまり〈ジェイ〉の営業が終わったあと、こっちに来て手伝われているとか。客の中にも「お父さん」と呼ぶ人がいた。婦人は「より子さん」と呼ばれていた。客はほとんどが常連さんで顔見知りのようだ。毎日通う人も多いらしい。九割方中高年だからか満席でもうるさくはない。みんな楽しげに食べて喋って笑い合っているのに、なぜか店内には静けさがあり、微かに流れるジャズの音さえ聴こえるほどだ。大人だなあ、渋いなあ、と嬉しくなった。何の気なしに歩いた味噌天神でこのような店を発見できたことに感謝した。

より子さんの料理はどれも美味しかった。真心御飯という謳い文句の通り心のこもったお母さんの味だ。かといって〝お袋の味〟という決まりきったものでもなく、そのときある材料で自由自在に腕をふるう料理上手なお母さんのアイデアの味とでもいうか……。スープなど絶品で予約していないとすぐになくなる。苦手な酢の物や肉じゃがも、より子さんの手に掛かると「うまい、うまい」とたいらげられた。母親もいなくなり家庭のご飯に飢えていた私に〈なが田〉は食のオアシスとなった。

だから兄弟が帰省するたび一緒に行った。熊本に遊びに来た友人知人も連れて行った。そしてみんなが驚くのは、料理もだけれど店の空気だ。飛び交う高度な熊本弁に目も耳も眩ませながら、けれどあの和気あいあいの節度を保った親しい会話に胸打たれている様子だった。誰かが「あそこは中高年の楽園だね」と言った。うん、言えます。

そんな中高年の楽園のような〈なが田〉だったが、二〇二〇年の一二月二九日、みんなに惜しまれて店仕舞いした。〈ジェイ〉を営業しながらの二十年の歴史を閉じた。店主おふたりの年齢などによる判断だったろう。その夜は常連さんたちが集まって終わりを祝した。そして、これからどこに食べに行けばいいの？　どこでみんなと会えるの？　喋れるの？　と笑いながらの嘆き節になった。「〈なが田〉難民となりますかね」という声もあがった。私などまさにそうで、家庭のご飯を食べたくなってももう行き場がないのだった。

熊本には坂口恭平という天才がいる。より子さんと並んで〝私の好きな熊本人〟の一人だ。恭平さんとか恭平氏とか呼ぶのも何か違和感があるのでいつも通りに恭平と呼ばせてもらうが、十年くらい前、熊本に遊びに来た友だち（ワタリウム美術館館長のえっちゃん、広告クリエイターの恒ちゃん）に紹介されたのが始まりだった。恭平の才能を後押ししていた二人は「僕の熊本を案内するよ」という恭平に誘われて、だったら地元に帰っている古い友だちヨシモトも呼んじゃおう、という楽しい計画を立ててやって来たのだ。恭平は長いこと躁鬱病に悩まされているが、紹介されたそのとき彼は〝躁〟の状態だったと思う。とんでもなくテンションが高かった。会うなり「おー！　由美ちゃんだー、熊本にもう馴れた？」と言う。初対面の、それも子供のような年の青年に「由美ちゃん！」と親しげに呼ばれたことに中年女（十年前なのであしからず）は少なからず動揺したが、そんなことは気にもしないで恭平は「じゃあ行こう！」と〝僕の熊本案内〟をスタートさせた。

仁王さん通りのうどん屋で腹ごしらえして、彼がアトリエとする坪井の一軒家へ連れて行かれ、大木の幹に作ったツリーハウスに上ったり降りたり、ギター片手に歌いまくる彼のオリジナル曲を聴かされまくったりした。新町の日本でいちばん面白いというおもちゃ問屋にも連れて行かれた。ちょっと疲れた中年三人を気遣ってか彼の自宅で休憩させてくれた。それから寿司屋に行ったりバーに行ったり。おつまみはケーキという妙な飲み屋で仕上げると真夜中になっていた。一日でこれだけやって、恒ちゃん、えっちゃん、私のおじさんおばさんはヘトヘトである。恭平もそうだったろうが何しろ〝躁状態〟なので「どうする？　まだどこか行く？」なんて訊く。「いやいや、もうおねむだよ」とほうほうの体で解散したのだが、坂口恭平という若者はその一日で、強烈さとともに繊細さが気になる遠い親戚の少年というイメージを私に植え付けた。

彼はまだ四十三歳だが、すでに建築家、作家、美術家、歌い手である。その上、料理、編み物、陶芸、畑作りと、何でもやれる。死にたい願望に苦しむ人たちとの対話「いのっちの電話」も長く続けている。

わずかなことしかやれない私はその多才さにいつも驚く。天才だと正直思う。天才だから何でもやれるのだと。ある日、久子さんにそう言ったら大きく頷いて、「だって聞いてくださいよ」と言う。体調のいいとき恭平は〈オレンジ〉の窓辺のテーブルで執筆するのだが、原稿用紙十〜十五枚ほどぺらぺらと書いて「読んで」と久子さんに渡すそうである。アッという間に十〜十五枚。凡人の書き手には胃が痛くなるような枚数である。しみじみ「恭平は天才だね」と言い合った。天才だから何でもやれると。

昨年の末、〈橙書店〉で彼のパステル画展が開かれた。欲しい絵がいくつかあったがすでに赤丸印だった。それで彼のいちばん新しいパステル画集『Water』を買った。そこに収められている二百三十七点の絵。なんでもない風景画だが、眺めていくうち甚《いた》く心を揺さぶられ、はっきり言って泣けてきた。その理由は説明付かない。だいぶ前「坂口恭平が歌う」というイベントがやはり〈橙書店〉で行われ、その中に妻フーちゃんとのデュオが二曲か三曲あったのだが、それを聴いているうちに止まらなくなった涙と同じ質であることだけはわかる。なぜか切なく、何かに感動しているのだが、何に感動しているのかは謎なのだ。

II

ちいさな隣人たち

記憶の海を旅する

田尻久子

正月を迎えたばかりのような気がするのに、もう梅の花が咲いているのを見かけるようになった。春はすぐそこ、早いものだ。

数年前までは、元日以外はほとんど店を開けていた。大晦日は営業こそしていなかったが、お客さんたちと年越しをするのがいつの間にかお約束のようになっていた。店に行くので、結局、帰省のお客さんが顔を出したり、常連さんが「よいお年を」と声をかけに来てくれたりして、開けているのと大差なかった。

もとはあった定休日を返上して休みなく店を開けていたのは、経営が苦しくなったからだ。もともと家賃が値上がりしたところに、隣の店舗まで借り増しして書店をつくってしまったのだから、自業自得。熊本地震後に店を引っ越したのだが、繁華街から少し離れたので家賃が下がった。それで、ようやく定休日をもうけることができるようになった。

最近では、正月も人並みに休む。でも、それはコロナ禍がきっかけだった。以前は、帰省したお客さんが寄ってくださるかもと思うと、なかなか元日以外は休む気になれなかった。だがコロナ禍に見舞われた二〇二〇年の年末は、さすがに帰省する人が極端に減り、知り合いもみな帰らないと言うから、開けてもしょうがないかと三が日を休むことにした。おかえり、ただいま、と挨拶を交わすことのない年末年始となったのは、店を開いて以来はじめてのこと。お客さんとの年越しもせずに、家で静かに過ごした。

二〇二一年の暮れは、少し賑わいが戻った。年が明け、成人式を過ぎた頃から爆発的に感染者が急増するのだが、年末は感染者数が抑えられていたから移動する人が前の年より増えた。いつも通りとまではいかなかったが、ちらほらと帰省のお客さんが来店し、懐かしい顔を見せてくれた。それでも、ＰＣＲ検査をしてから来たという人もいたし、大手を振って帰れたわけではなかっただろう。みんな不安を抱えて、それでも、手土産を携えて会いたい人たちに会いに来る。家族で帰ってきた人たちは、子どもがずいぶんと成長していた。子どもにとっての二年は大きい。小さかった子どもが自分で絵本を読めるようになっていたり、まだまだ少年だと思っていた男の子が声変わりをして思春期へと突入したりしている。孫たちに会えなかった人たちの二年はさぞや長かったろう。孫を迎えるわけではない私でも、「おかえり、会いたかったよー」とむやみやたらと言いたくなった。

暦を見ると年明けの休みは短く、帰省するお客さんも早めに帰りそうなので、今回も三が日は休むことにした。二十年も店をやってようやく、正月休みを取る踏ん切りがついた。帰省中に来店したい人は店休日を確認するだろうし、どうしても来なければいけないような場所でもない。

今回も年越しは集まらないので、少しは正月らしく過ごそうと、大晦日は家人と買い出しに行くことにした。まずは近所に見つけたお気に入りのスーパーに行ってみると、まだ昼過ぎなのにすでに値引きシールが貼りまくられている。安い安いとすっかりテンションがあがって互いに気になるものを買物カゴに放り込むのだが、お互い貧乏性なので、いつも買っているみりん干しとか、半額シールのついた明太子とか、大量に入ってもともと二百円もしないのに、さらに割引になっているぶりのアラだとか、あまり正月感がないものばかり買おうとしていた。いつも食べないものを買わなきゃと、めでたい感じがするものを探す。カゴに入れたのは、海老にかつおのたたきに、子持ち昆布。でも、やっぱり全部割引になっていて、精算をすませると、こんなに買ってもこの値段と申し訳ない気持ちになる。店を出るときに貼り紙を見て、値引きになる時間がなぜ早かったのかわかった。三が日はしっかりと休む店だった。なんだかうれしいね、と貼り紙を見て言い合った。

昔は正月と言えば店が閉まるのは当たり前だった。正月は、めでたさと静けさが同居していた。いつの間にか、正月でも開いている店が増え、年が改まる感じがしなくなった。かくいう私も、以前は二日から店を開けていたのだから、言えたものではない。でも、コロナ禍になり、三が日を休むようになって、人間の営みはもっとペースを落とすべきなのではないかと自問するようになった。昔のような生活に戻ることは無理かもしれないが、歩みの速度を少し落とすぐらいはできる。

家からそう遠くないところに、肉の専門店がある。地元のスーパーの次はそこへ向かった。祖母と何度か行った店だ。祖母が生きていた頃、大晦日にはおせち料理づくりを手伝いに祖父母の家へ行くのが常だった。時間の余裕があるときは、材料を買いに行くのにも付き合った。料理も買物も姉が主導権をにぎっており、私は下働き程度だったが。店をはじめてからは、年末は忙しかろうと手伝いを免除され、いつしか祖母はこの世を去った。その頃のことを思い出すと、祖母の割烹着をもらっておけばよかったなと思う。手伝いに行くと、洋服が汚れないようにという配慮だろう、まずは「これを着なさい」と割烹着を渡された。洋服は汚れても構わなかったが、自分の家に比べると祖父母の家は寒く、割烹着を着ると暖かかったので言われるままに借りていた。何枚もあった祖母の割烹着はおそらくもう処分されてしまった。一枚くらいもらっておけばよかったといまさら後悔する。

久しぶりに行ったそのお肉屋さんは、記憶の中より少しさびれていた。二十年ほど行っていなかったから当たり前だ。心なしか狭くなったような気もする。お客さんは少なく、ショウケースもがらがらだったからそう感じたのかもしれない。引っ越しのときに家具を引き払った部屋を見ると、こんなに狭い部屋だったっけといつも思うのだが、それと似ている。

しかし活気がないわけではなく、「これから並べる商品はすべて四割引です」とお客さんをあおる店内放送がにぎやかに流れている。今日は大晦日だから早めに店じまいするのだろうか、それにしてもきれいさっぱり売ってしまうのだなと不思議に思っていたら、レジの横に「閉店のお知らせ」という貼り紙があった。

当店は開業以来、皆様のご厚情により約四十年営業を続けて参りましたが、建物および設備の老朽化に伴い、誠に勝手ながら二〇二一年一二月三一日をもちまして閉店させていただくこととなりました。長い間、当店をご愛顧いただきましたこと深く感謝申し上げます。

たまたま来たら、最終営業日だったのだ。安いねとうきうき買物していたのだが、途端に悲しくなる。同じ会社の店舗が他の地域にもあるし卸販売もされているので、廃業されるわけではないはずだが、思い出に残っている店がなくなるのはさみしいものだ。もしかしたら、コロナ禍の影響も少しはあるのかもしれない。

祖母と買物したときの記憶がぼんやりとよみがえった。威勢よくどんどん買物カゴに放り込む人だった。かまぼこでも何でもいくつも放り込むので、姉とこっそり棚に戻していた。貧乏性は昔からだ。「久子もなんでん欲しかもんば買うとよかたい」と言われても、ひとつかふたつしか欲しいものを入れないから、「そっだけかい、もっと入《い》るったい」と祖母からいつもけしかけられた。普段はつつましやかな暮らしをしていたから、祖母にとっては、年末の買物からすでに「ハレの日」がはじまっていたのだろう。

「恒例の行事」というのは、いつしか終わりが来るものだが、当時は若かったのでそんなことは考えもしなくて、ただただ面倒だった。でも、正月を迎える度に、祖母のおせち料理を思い出す。レシピを訊いておけばよかったと後悔する料理もある。いつか終わるのだから、機嫌良く、もっと祖母が喜ぶように甘えてみればよかったのだ。

入ったときの意気揚々とした感じをすっかり失い、さみしい気持ちで店を出ると、その店のオリジナルらしき買物バッグを提げた小柄な老婦人が前を歩いていた。この人も店が閉まって残念だろう、今日は荷物もさぞや重く感じるだろうと心配になったのだが、駐車場に向かっていたので車でいらっしゃったのかと安堵する。向かった先の車は意外にもミニクーパー。さっそうと運転席に乗り、去っていかれた。心配無用だった。

正月気分が少し遠のいたので、もう一軒別の店にも行くことにした。その店は私が中学生まで住んでいた街にある。またもや思い出の場所に足を踏み入れることになった。父が亡くなるまで住んでいた団地から、歩いて数分のところに店はある。真横には公園があって、その向こうには私が通っていた中学校もある。

大晦日なので、駐車場が混んでおり行列ができていた。私はすっかり懐かしくなって、駐車場が空くのを待っている間に公園に行ってみようと先に車を降りた。記憶はあてにならない。とても広い公園だと思っていたが、そうでもなかった。それに、よく考えたら外で元気に遊ぶことなど得意ではなかったので、公園をひとめぐりしてもそんなに懐かしくはなかった。

店に入って品物を物色していると、親子で買物をしている人の声が耳に入ってきた。年の頃は七十代と思われるお父さんと息子さん。カゴに入った天かすをお父さんが棚に戻そうとしていた。

「天かす、こがんいっぱい入っとるとば買っても食べきらんぞ」
「俺が食べてしまうけん、大丈夫」
「こがん、食べきらんだろうが」
「食べるって」

ちょっとした小競り合いをしていたが、結局天かすはカゴに戻されたようだった。こういう場面に出くわすと、勝手にあれこれ想像してしまう。いつも小さな言い合いをしている親子なのだろうか。それとも、今日はどちらか機嫌が悪いのだろうか。いや、言い合いというよりコミュニケーションかも。年越しそばを食べながら、「親父はいちいちうるさいんだよ、天かすぐらい好きに買わせて欲しいよ」と愚痴るのだろうか。

そうして、これもいつしか思い出になる。この天かすにまつわる会話のその先にも彼らの人生は続き、いつしか終わり、誰かの記憶に残る。もちろん、天かすにまつわる些細な小競り合いは、彼らの記憶には残らないかもしれない。あまりにも些末なこと過ぎて。でも、私の記憶には残る。この親子の大晦日の買物の一場面は私の記憶とつながっているし、ここにこうして書いてしまったから忘れない。それは、私のいくつかの連続した記憶の一部となる。彼らのあずかり知らぬことだが。

期せずして懐かしい場所をめぐることになったので、ついでに小学校のまわりも車で一周してみた。正門の壁には校訓が掲げてあり、「きよく　やさしく　たくましく」と書いてある。悪くないな、と思う。友達の家に行くのに乗り越えていた塀は思ったより低く、まわりの住宅街は住民たちとともに少しくたびれていた。もう住む人がいない家もあるかもしれない。街も人と一緒に老いていく。

ここに六年も通ったのに、たいして覚えていることもないなと思いながら、正門の写真を一枚撮って、ようやく家路についた。家にたどり着き、戦利品を次々と引っ張り出し満足する。年末の買物に出かけるだけのつもりが、ちょっとした小旅行でもしたような気分になり、思いのほか楽しかった。コロナ禍で出かける範囲が狭まったが、旅は遠くに行かなくとも案外できる。近場に行けば、ついでに脳内の記憶の海も旅することになる。

春の動物園探訪

吉本由美

花粉飛び交う中、ナマケモノに会いに行った。動物園へ行くのはひさしぶりだ。このところ冬に逆戻りしたような天気が続いて、怠け者がナマケモノに会いに行くぜよ、と決めていた三月一九日の初公開日からだいぶ経っている。南国生まれのナマケモノは気温が一七度を下回ると展示中止になると聞いていたので、せっかく行って見られないのでは嫌だから毎日温度計とニラメッコしていた。やっとのこと「本日の最高気温は一九度」という予報が出た日、それは花粉の飛ぶ量「はなはだ多い」という日でもあったけれど意を決し、つるつるの上着に帽子に眼鏡にマスクの花粉完全防備スタイルとなり、ノート、ペン、カメラ、望遠鏡といった〝動物園探訪キット〟をバッグに詰め込み家を出た。

熊本の動物園は正しくは「熊本市動植物園」という。熊本市内の東南部、江津湖《えづこ》の脇にある動物園と植物園が合わさった市民の憩いの場だ。いつもなら家から電車通りの味噌天神まで十数分歩き、そこからトラムに乗って行くのだが、この日は花粉の量が尋常ではないらしいので味噌天神までタクシーに乗った。タクシー利用なら家から直接動物園へ向かう方が数段早く着けるのだけれど、動物園へ行くなら断然トラムで、と決めている。この国で市電をトラムと呼ぶことは気障っぽくてかなり勇気が要るのだけれど、深夜のNHKにときおり流れる「ヨーロッパ トラムの旅」というタイトルのヨーロッパの街々を走る電車の番組が好きでよく見るせいか、市電よりトラムという呼び名の方が私にはフィットする。しかし実生活で、しかも熊本という地方都市で、「じゃあトラムに乗って行きますね」なんて言ったらおそらく冷や汗ものだろうから口にはしないが心はトラムだから、せめて文字でくらいならと書かせてもらっているわけである。

断然トラムで行くべきと言うそのココロは、電停「味噌天神前」から「動植物園入口」までの、ゴトゴトと車両の揺れに身を任せながらマルルやマーネやモモコや秋平などを思う十数分がやたら楽しいからだ。マルルとはホッキョクグマで、マーネはマレーグマ（二〇二三年現在は沖縄こどもの国へ嫁入り中）、モモコはカバで秋平はキリン。みんな馴染みの動物たち。その顔を思い浮かべてにたにたと微笑んでいる間にトラムは「動植物園入口」に着く。降りたホームではモモコの笑顔が出迎えてくれる。六年前の熊本地震以降九十九種類の動物たちの解説パネルを描いているイラストレーター、コーダ・ヨーコさんの看板である。園の近くで育ち子供の頃から動物たちに馴れ親しんだというコーダさんの描く動物たち。それは丁寧な筆致と的確な描写で、どの動物へも変わりなく注がれる親愛の念がしみじみと伝わって来る絵柄である。この人のパネルのおかげで動物園の印象がかなりグレードアップしたと思う。

電車通りから動植物園に繋がる公園に入ると、いつできたのか、入口に動物たちの楽しい看板が立っていた。お、やったね、と、立ち止まりしばし感慨に耽る。二年前まで「動植物園の未来を考える協議会」の一員だった。これから動物たちに会いに行くぞ、とのワクワク感を演出しなくて何の動物園改革ぞ！　と、会議のたび、地味で旧態依然だった動物園を地震後の復旧復興工事を契機にいかに新しく楽しく彩るか言い募ってきた者としては、ほんの一部かもしれないが自分の案の実現を垣間見た思いである。協議会に首を突っ込んで良かった、間違いではなかった、と思えて胸を撫で下ろす。

熊本市動植物園は動物園エリアと植物園エリアに分かれている。私の子供の頃は動物園だけが水前寺成趣園《じょうじゅえん》の東側に「熊本動物園」としてあった。家からわりと近いので学校が終わったあと駆けつけて遊ぶなどしていた。馴染みの場所だったはずだが、園内の様子はあまり覚えていない。ぶっとい檻が立ち並んでいたことと、ニホンザルの檻に顔を寄せ観察していたら近づいて来た大きな猿に三つ編みおさげを摑まれて長い時間放してもらえなかったことと、雄ライオンが大声で吠え続けるのでこれじゃご近所はたまったもんじゃないな、と思ったこと、くらいの記憶しかない。

周りが住宅地として発展したため手狭になったようで、私が十八歳で熊本を離れた年から三年後に江津湖畔の現在地に移転した。移転して間もないときの帰省時、父親の車に乗って見に行ったけれど、わざわざ車で行かなくてはならないことや湖を背景に茫漠と広がる園内が、身近でこぢんまりした動物園に親しんでいた者には魅力的に思えず、以後は六十二歳で熊本に戻ってくるまで数えるほどしか訪れていない。

東京時代は上野動物園に足繁く通い、それでも物足りなくて全国の動物園を旅して回るという仕事を得て『キミに会いたい 動物園と水族館をめぐる旅』(新潮社)という本まで出した。そういう人間としては、魅力には乏しいけれども動物には会いたいし観察したいしと、熊本に戻ってからは四季折々江津湖畔まで出向くようになった。動物たちと顔見知りになると設備に不満はあっても行くようになる。地震後に立ち上がった「動植物園の未来を考える協議会」には、拙著をご覧になったのか、地元紙にたまたま書いた動物園記事を読まれたのか、市長さんが協議会の一員に私を推してくれたようで、そうなった以上は、とさらに頻繁に通うようになった。そして問題だらけの動物園の悩み事が自分の身内の一大事のように常に頭のどこかで疼くようになった。今や動物園は熊本のみならず全国的に世界的にその存続の危機に瀕している。もはや自然界からの展示動物捕獲は望めない以上、個体確保をどうするか。種の保存、繁殖のためのネットワークはどうなるのか、そもそも展示は必要なのか……その他もろもろ問題は山積みだ。しかし、このことについて書き始めるととてもページが足りないのでこの件はここでストップ。とにかく動植物園の西門まで来たのである。

西門は植物園エリア入口だ。入ると目の前に「花の休憩所」なるものがあり、以前の温室周りがリニューアルされて休憩所になっていた。本日の目的ナマケモノくんは寒がりゆえに温室住まいである。けれど脇から続く桜並木が目に入り、せっかくのこの季節、先にお花見をすることにした。まだ満開にはほど遠いが、薄《うっす》らと咲いたこの時期の少女のような儚さが、むせるような満開時より好みである。先におじいさん、おばあさんがゆっくりゆっくり歩いておいでだ。少し後輩の自分は一〇メートルほど下がり、やはりゆっくりと歩を進める。

何かのついでに見ることはあるが、わざわざ桜を見に行ったことはこの数十年覚えがない。桜を好まぬわけではないが、あの人混みが好かぬのだ。長い生涯を振り返っても花見と名の付く思い出は少ない。子供の頃、母の実家の山鹿《やまが》を流れる菊池川の堤で祖父母たちとお花見お重を広げたこと、友だち二家族と私と彼氏と大きな犬というグループで小金井公園の満開の桜のもと飲んで食べて寝転んだこと、川崎市東生田の兄と慕う友人に誘われ彼の家の近くの丘で夜まで花見の宴をやったこと、ヤクルトスワローズの神宮開幕戦のあと青山墓地で寒さに震えながら桜を見たこと、そのくらいしかない。数えたら四回だ。一般的に言ってこれが多いのか少ないのかはわからないが、そのシーンのいくつかが鮮烈な思い出として頭の奥に刻まれている。

祖父母の家は米屋で毎年花見は欠かせない行事らしかった。祖父母、大叔母、伯母と従姉、裏の精米工場で働くおにいさん方、私の一家にご近所の親戚一同という大所帯で桜堤にござを広げた。重箱がいくつ並んでいただろう。一升瓶が何本立ち聳えていただろう。四、五歳の私がお祖母さんの膝の上で眩しそうに桜を見上げている写真がある。お祖母さんは大叔母さんとともに朝も暗いうちから、大人数分のお重の中身を作り続けたに違いないがキリッとした顔で写っている。お祖母さんと私は血の繋がりはない。お祖父さんが六十幾つで先妻に先立たれたあと、後妻として米屋に入った人だ。内々の結婚式は私がそこ（米屋の奥座敷）で産まれたばかりのときだったから、彼女は私を本当の孫のように可愛がった。大阪難波の問屋が生家らしいが、気丈夫で細いが働き者の姿が女優田中絹代に重なって、彼女が亡くなったあとは思い出すように田中絹代出演の映画をよく観た。

などと思い出しながら桜並木を歩き終え、温室に入った。暑い国の鬱蒼と繁る樹木の間できれいな鳥たちが餌を啄んでいた。放し飼いなのですぐ目の前だ。オウギバト、ミノバト、ムネアカカンムリバト、というコーダさんの解説パネルがある。いつも驚かされるのが自然の創る色の美しさだ。これら東南アジアやパプアニューギニアの森林に棲む鳥たちも、碧《みどり》、瑠璃色、紫、エメラルドなどの鮮やかな羽の色をして、繊細華麗な冠を付けている者もいる。

温室には初めて入ったが狭いところに川が流れ滝さえある。コレも知っているアレも知っていると樹木をチェックしながら進んでいるとギョッと身を引く巨木が現れた。悪夢に出て来そうな恐ろしい姿である。ベンガルボダイジュというらしい。木の幹に見えるのは実は気根《きこん》で、一株でこのように広大な面積を占める、という。インドから熱帯アジアの森で育つそうだ。う〜む、そこにはちょっと行きたくないなあ。

ベンガルボダイジュをぐるりと回って進むと、お、いましたよ、枝の間にあのヒトが。目的のナマケモノくんが枝のベッドで休んでいた。昼過ぎである。食事も終わり眠たいのだろう。しばらく見ていたが動かない。食後の眠たい気持ちは私にもよ〜〜くわかるが、せっかくやって来たのである。一目くらい顔を見せて欲しいじゃないか。

というわけでちょうどいらした飼育員さんに頼んでみた。「ナマケモノくんにちょっと顔を上げて貰ってはダメですか?」と。飼育員さんの話では朝の開園後と食事時以外はほとんど寝ているそうで、「だから怠け者＝ナマケモノというのであって、今度は開園後よく動いているときに来て下さい。今、ちょっとそそのかしてみますけどね」ということなのだ。何度も言うが、怠け者の私にはナマケモノくんの気持ちはよ〜くわかるのである。けれどせっかくやって来ている。どうか動いて下さいな、と願う。木の枝の彼を見つめていると、下に回った飼育員さんが吊してあったレタスの葉っぱでナマケモノくんの顔をパタパタした。すると「なあに?」という感じで顔を上げた彼、おもむろに葉っぱに手を伸ばし食べ始めた。寝るか喰うかで生きているんだ、自分と同じ、友だちなんだ、としみじみ思う。

このあとはいつも通りに日本庭園を抜け、動物園エリアの隅っこにある動物慰霊碑に手を合わせた。動物園は「生」と「死」の激しく交差する場所だ。この十一年、顔見知りの動物だけでも、キリン、ウマグマ、ウンピョウ、シフゾウ、キンシコウ、ホッキョクグマ、マンドリル、マレーグマなど、死が相次いだ。その死を発表されていない動物を入れたら数知れない者たちが（ここに埋葬されないまでも）眠っている慰霊碑を見過ごすことは私にはできない。

その先の大型鳥類、キツネやタヌキ、シシオザル、キンシコウの展示場を過ぎると新しくできたレッサーパンダの飼育檻が見えた。人が山のように集まっている。みんなスマホをかざしてシャッターチャンスを狙っている。レッサーパンダはナマケモノと同じ時期に園にやって来たニューフェイスだ。めずらしいし可愛いから人だかりがして散々カメラを向けられるのも仕方ないかと思うけれど、胸が痛む。近年の動物園は昔に比べればいろいろと飼育環境の改善に努めているとは思うけれど、結局は動物たちは「見せ物」であることに変わりはない。しかしまた、これについて書き始めるときりがなくなるのでストップするが、このように動物園歩きは楽しいだけでなく考えさせられることや胸の苦しくなることも多く、一筋縄ではいかない〝愉しみ〟と言えようか。

猛獣エリアを見てやっとモモコとソラのカバ舎に来られた。ここに来るとホッとする。血の繋がりはないが姉妹のように仲の良い二頭には、たとえ動かない寝姿だけでも見ているだけで癒やされる。モモコは今二十五歳になったろうか。彼女が赤ちゃんだった頃を私は愛媛とべ動物園で見ている。母親ミミにくっついてプールに沈んでいた。ときどき顔を出して小さな耳をプルプル回すのがやたら愛らしかった。父親は有名なハグラーだ。日本に入国するとき横浜の検疫所から脱走し大騒ぎになったカバくんで、このときのTVニュースを食い入るように見ていた覚えがある。

熊本に戻って初めて動植物園に行き、そのモモコがここにいるのを知ったときの喜びと言ったら表現しようがない。赤子のとき別れた可愛い姪っこに再会できた瞬間、とでも言っておこうか。私がつい「モモコ、モモコ、おばさんだよ！　おばさんが来たよ！」と叫んだのを聞いてこちらに顔を向けた隣りの青年の不思議そうな表情も忘れられない。そのときはモモコ独りで寂しかないかと心配したが、すぐにソラという妹分が登場して、私は心底ホッとしたのだった。

今日の来園目的の二つめがキリン舎覗きだ。父が死に、叔母が死に、母が死に、異母兄冬真《とうま》が宮崎市フェニックス自然動物園へ去り、何年も独りぼっちになっていたマサイキリンの秋平にお嫁さん候補の女の子コナツ（冬真の娘）が宮崎市フェニックス自然動物園からやって来たのだ。ややこしいが、マサイキリンは絶滅危惧種で国内には七頭しかおらず、種の保存のための繁殖は七頭の間で組み合わされている。つまり秋平とコナツは親類の関係になる。そんなわけで、遠縁のおばさん気分でいる私は「どれどれどんな娘じゃろか」と思って来たのだ。去年一二月の来園時の新聞のニュースで見るとまだ小さな体だったが、今目の前にいるコナツちゃんは見上げる大きさ。それでもどこかしら幼さがある。そんなコナツに秋平が優しい眼差しを送る。口をもごもごしているコナツの首に頭を寄せてスリスリしてみせる。その幸せの構図に、今回は周りに誰もいないのを確かめて、「おお、おばさんは嬉しいぞおー！」と叫んでみた。

藤の花のもとで

田尻久子

冬のあいだ姿を消していたヤモリが戻ってきた。

ずいぶん暖かくなってきたなと思ったある日、白玉（うちの白猫）が勝手口を見つめていた。もしやと思いその視線の先を確認すると、見覚えのある姿形のヤモリがガラスの向こう側にいる。冬になるまでは判で押したように毎日現れていたヤモリと同一個体のようだ。現れる場所も時間もほぼ同じ。よくぞご無事で、と歓迎した。

季節の中で冬がいちばん好きだ。きんとした空気も、ストーブの匂いも、寒いときに飲む温かい飲み物も。冬は些細なことで幸せを感じることができる。味噌汁一杯飲むだけでも、布団にもぐって毛布にくるまるだけでも幸せ。冬のほうが猫も愛しさが増す。ふかふかの冬毛の猫に身を寄せると、湯たんぽみたいにちょうどよい温かさで、その肌触りにうっとりする。夏はそうはいかない。猫が膝に乗ってくると、汗ばんだふとももに毛が張り付きやや不快。そんなにくっついて君は暑くないのか、と文句を言いたくなるから人間は勝手だ。

とはいえ、引っ越した家でのはじめての冬は予想以上に寒く、いつもほど冬を楽しめなかった。平屋で日当たりもそうよくはないし、古い家だから床下からの冷気が半端なくて、座っているとおしりが冷たい。山の中とまでは言わないが、立地が山の裾野あたりだから、街中より気温もやや低い。猫は人間よりさらに寒がりだから、ストーブの前は猫たちにすっかり占拠された。本当はこたつが好きなのだが、こたつがあると動けなくなってだめ人間まっしぐらなので、急遽、電気カーペットを購入した。寒くて寝付けないのでネックウォーマーとレッグウォーマーを身に着け、布団乾燥機で布団を温めてから寝床に入る。それでも朝方には寒くて目が覚めてしまうので、とうとう猫湯たんぽではなく、本物の湯たんぽを手に入れた。

子どもの頃、祖母が風呂に入るときに何枚も何枚も衣服を脱いでいるのを見て、そんなに着る必要があるのかと謎だったが、いつの間にか自分もそうなっている。歳を取ると寒さに弱くなると祖母が言っていたが、本当だった。

いつもは冬が終わるのがさみしいのに、気付けば春を待ちわびていた。次第に寒さが和らぎ、身に着けていた衣服を少しずつ減らしはじめた頃にヤモリが登場し、春を告げてくれた。

やって来るのはヤモリだけではなくて、暖かくなってきたら庭にも訪問者が増えた。椿の花が咲きはじめると、鳥がさかんに花蜜をなめに来た。シジュウカラにヒヨドリにメジロ。スズメはもちろん常連さんだ。引っ越してすぐはぜんぜん聞き分けられなかった鳴き声も、少しずつわかるようになった。

メジロはとくに椿の蜜が好きらしく、枝が揺れ、葉や花の隙間にあざやかな黄緑色が見え隠れするので、何羽か連れだって来るようだ。メジロが目白押し、とつまらないだじゃれを言いたくなる。なんで「目白押し」と言うのだろうと思って調べてみたら、メジロは体が小さく狙われることが多いので、警戒心が強く、群れで行動することが多いらしい。エナガやシジュウカラなどの他の鳥と群れをなすこともあるという。眠るときも集団で固まって枝にとまり、ぎゅうぎゅうに押し合いへし合いくっつくらしい。想像しただけで悶絶しそうにかわいい。目白押ししているメジロの姿を見てみたい。

メジロはウグイス餅によく似た黄緑色をしているが、色見本を見ると鶯緑《おうりょく》に近い。本物のウグイスの写真を見ると、灰色がかったくすんだ黄緑色で、たしかに鶯色だが、こちらはウグイス餅には似ていない。ウグイスは人前にはあまり現れないらしく、どうりでいつも声はすれども姿は見えなかったわけだと合点がいく。ウグイスの鳴き声が春を告げてからずいぶん経つが、ホーホケキョではなくホーホケケキョョウと鳴く、まだ微妙に下手なやつもいる。鳥の美しい鳴き声は、なわばりの主張や求愛行動であることが多いというから、ちゃんと雌にアピールできているのだろうか、と心配になる。

あるとき、猫たちがそろって一点を見つめていた。何かいるのかと視線の先を探すと、コンコンコンと音がして見たことのない鳥がいた。木をつつくということはキツツキの仲間だろうと思い調べたら、コゲラだった。背中はシックな白と黒のボーダー柄。春になると、ボーダー柄の服を着ているお客さんが増えるのだが、鳥にもボーダー柄がいた。

イチジクの枝から枝へとちょこちょこ移動しては、何度もくちばしで木をたたいている。五十年以上生きてきて、コゲラがドラミング（動物が鳴き声以外の方法で音を立てる動作）するのをはじめて間近で見た。きっといままでは近くにいても気が付かなかったのだろう。鳥のさえずりを耳にしても、姿を探すことまではしなかった。家にいながらにして鳥の姿を目にするようになったから、コゲラの姿に気が付いたのだ。ぜひともまた見たい、と思っているのだがなかなか遭遇しない。

猫と暮らすようになってから鳥とは縁遠くなったが、子どもの頃は家に文鳥がいた。よく人に慣れており、籠の中に手を差し入れ、止まり木の前に指を添えると、すぐに私の指に飛び移ってきたものだ。そのままそっと鳥ごと手を出して、手のひらの中で水道から流れる水を受け止め、水浴びをさせた。二五グラムほどのささやかな重さと、私の指をしっかりとつかむ足の感触はいまも忘れない。二羽いた文鳥の名前は、チチとピピ。チチチ、ピピピ、と鳴いたからだろうが、もうちょっとましな名前を付けられなかったのかと、過去の自分に言いたくなる。

チチとピピ、どっちが先に死んだのかも覚えていないが、私が人生ではじめて看取ったいのちがそのどちらかだ。死んだあとは祖父母の家に持っていって土に埋めた。空気のようにふわりとした文鳥の体は、冷たく硬くなり、死ぬとはこういうことだと私に教えた。死んで硬直していく文鳥のくちばしは、血が巡らなくなったあと、つやつやとした薄紅色が次第に抜けていったのだろうか。いまでは文鳥を埋めた地面は駐車場となり、コンクリートの下にある。とっくの昔に土に還って、別のいのちの一部になったはず。

梅雨時に引っ越しをしたから、いま住んでいる場所で迎えるはじめての春だ。これでようやく四季が一巡する。小さな庭には新しい植物も何種類か植えたが、もとからある植物も混在している。植えてあった花からこぼれた種や、鳥が運んできた種が、どこにどんな色で咲くかは咲いてみないとわからないので、福袋みたいでそれもまた楽しみ。でもなんと言っても、いちばんの楽しみは藤棚だった。物件を内覧しに来たときに、藤棚があることに興奮した。車庫の天井下にあるのだが、当時この家に住んでいた大家さんはさぞや手間をかけられたのではないだろうか。幹はそんなに大きくもないプラスチックの鉢の中にあり、底は破れているようだ。駐車場部分はコンクリートなのだが、その上を藤の根が這っており、最初に見たときはいったいどこから出てきているのかと不思議だった。

花がつかないこともあるというから、藤棚があるからといって咲くとは限らない。でも期待せずにはいられず、春が来るのを楽しみにしていた。そんなある日、ご近所さんと話していたら藤棚の話題がでた。昨年はじめて花が咲いたのだが、既に大家さんは引っ越していたのだという。もったいなかねえ、あの下でお茶でも飲もうか。空き家に咲きほこる藤の花を見ながら、ご近所さん同士でそう言い合っていたらしい。一度は咲いたと聞けば、ますます期待は高まる。実は、花を愛でるだけでなく、食べることも楽しみにしていた。たまたま雑誌で見て、藤の花を天ぷらにするとよいということを知り、花が咲いたら試してみたいと思っていたのだ。

あちこちで桜が満開になった頃、四月初旬には藤の花が咲きはじめた。少しずつ花房が垂れ下がってきたと思っていたら、あっという間に満開になった。おそらく通常の開花時期より早かったのではないだろうか。最近では、季節が例年通りに移ろうことはあまりない。紫色の花びらがびっしりと房になり垂れ下がっているのを見ていると、花かんざしという言葉が浮かぶ。こんなに花かんざしに適した花もないなと思う。やってはみなかったが。

思ったより満開になるのが早かったので、天気のよい休みの日、あわてて花見の算段をした。今日を逃したら来週はもう散っているかもと思い、吉本さんに連絡をして、夕方から連れ合いと三人で藤棚の下で天ぷらの会を催した。と言っても、庭に鍋を持ち出し、セージにパクチーに藤の花、庭にあるものを適当に採って揚げては、うまいうまいとビールを飲むだけ。藤の花はほんのり甘く、天ぷらにしても花の色はあざやかなままだった。天ぷらを揚げるのは連れ合いのほうがうまいので、私と吉本さんはもっぱら食べる担当で、締めは近所の餃子屋さんから調達した餃子を焼いて満足した。安上がりな宴会だ。空にはもう少しで満ちる月が藤棚の真上に見えた。

藤の花と月という、万葉集に歌われていそうな光景を見ていると、それぞれの口から、幸せだねえ、という言葉がついこぼれでる。こんなに幸せなことはないねえ、と。花を見る、月を見る、美味しいものを食べる。私たちは、そんなささやかな楽しみがときにあるだけで十分幸せなのだ。それなのに、この世界では、そんなささやかな幸せもある日突然奪われることがある。幸せな夜だからこそ、現在の世界の有りように思いを馳せた。私たちが月を見上げる瞬間に、日常を破壊されている人がいるのだということに。

家への帰り道に坂から見える山が、新緑におおわれてブロッコリーみたいに見える。

もこもこした山を見るたびに美味しそうと思うのは私だけだろうか。春の生命みなぎる感じが以前は苦手だったのに、自然に近い場所に住むようになって平気になったから不思議だ。

庭の藤だけでなく、桜ももちろん堪能した。なにせ歩いてすぐの場所に山がある。桜は近場で見るのがいちばんだ。いままでに住んできた家々でも、その場所ごとにお気に入りの桜の木が近隣にあった。公民館の前の桜だったり、いつ見ても人気《ひとけ》のない公園の桜だったり、たいていはひそかに咲いている場所。木々の間にまぎれてひっそり咲いている山桜も風情があった。

せっかくだからと弁当を持って山にのぼったのだが、遠くからじゃかじゃか音楽が聞こえてくる。そういえば、「くまもと花博」とやらを開催しているのだったと気が付く。せっかく木々のざわめきや鳥の声に耳をかたむけていたのに、少し残念な気持ちになる。普段から山に親しんでいる地元の人たちがいるのに、週末ごとにイベントをやったり、森の中にアスレチック遊具をつくったりすることは必要なのだろうか。もともとない場所を花で彩るぶんには理解できるのだが。

地元の人が日頃つかっていた山への入り口は、車で入れなくなっていた。一日中雨が降っている日でも、迂回してください、と書かれたプラカードを持った人が雨合羽を着て立っている。私は家の近くから歩いて入れるからいいが、遠くの入り口までまわるのが億劫で、気軽に山に入れなくなった方もいるだろう。動物たちも勝手が違うと思っているかもしれない。

山道を歩いていると、ふと近くの地面を歩いている鳥が目に付いた。鳩くらいの大きさだったから山鳩かもしれない。私たちがじっと見ていたら、通りがかりの男性が「なんかおるですか」と声をかけてきた。何かいますか、という意味だ。あそこに鳥がいますと答えると、おじさんも立ち止まり静かに鳥を見ている。連れ合いは鳥に向けてカメラを構えたが、相手が生き物なだけにピントを合わせにくいようで、なかなかシャッターを切れずにいた。普段なら自分だけさっさと先を行くところだが、おじさんが立ち止まっているので、なんとなく私も動きづらくその場にとどまった。ようやく連れ合いがシャッターを切ると、「じゃあ」と言って、おじさんはゆっくりと歩き出した。

写真を撮り終わるのを待っていてくださったのだと、そのときようやく気が付いた。人間の気配がして飛び立たないよう気遣ってくれたのだ。その男性は手ぶらだったから、おそらく近隣の住民だろう。山へはよくいらっしゃるようで、慣れた様子で去っていかれた。

運動として街を歩くその前に

吉本由美

前にも書いたが、家から歩いて二十分ほどのところに阿蘇の根子岳から始まり熊本の街を二分して有明海に流れ出る一級河川、白川がある。どこでもそうだが川堤というものは空気が瑞々しく空は広く、そばを通るだけでも気分がリフレッシュする。三年くらい前までは散歩と称しここまでは来ていた。堤防に佇むと川の向こうに街が見える。そこには美術館がありデパートがあり映画館があり〈橙書店〉がある。ヤッホー！

けれど運動不足のせいか年のせいか、近頃は川を渡る元気がない。よしんば無理して渡ったにせよ、その先街を歩き回る気力や体力はもうない……に等しい。家に戻るために体力はわずかでも残さねばならない。それで渡るのはあきらめてすごすごと引き上げるのが常だった。ちょっと前までは橋を渡って行けたのに。家から街までいったいどのくらいの距離になるのか。そのときは万歩計を買って測ってみようと決めたのだったが、結局買っていない。万歩計というものは実際歩いてみないと数字は出ないのだ。歩くのが不安だからこそ、その前に歩数を知りたいわけなのだが。

けれど先日、梅雨入り前に山紫陽花やイチジクなど好みの植物の手入れをしようと庭に出たとき、そんなモヤモヤは吹き飛んだ。

テラスに置いたラジオからインタビューに応じる五木寛之氏の艶やかで張りのある声が聴こえてきたのだ。ファンでもないから逐一聴いていたわけではなくインタビューのテーマはわからず仕舞いだったが、終始氏は軽快にいろんな話をされていた。そんな中、今年突然イチジクの木に取り付いて葉っぱを齧《かじ》りまくっている深煎りコーヒー豆そっくりの害虫を潰していた私の指が止まったのは、体重についての話のときだ。氏は今年の秋九十歳になられるそうで、まずはお年を知ってびっくりしたが、さらに驚かされたのは若いときから体重を五五・五キログラムに維持されているということだった。「五木にちなんで五を三つ並べてみたってだけのことですけどね」と軽くおっしゃる。若い頃から体重が変わらないということもすごいし、それが五五・五キログラムってこともすごい。

男性で体重が五五・五キロといえばフェザー級ボクサーかマラソン・ランナーくらいだろうか。つまり五木さんは超スリムなのである。聞き手のアナウンサーも驚き「どうやってその数字を維持するんですか?」と訊ねる。氏は「毎朝体重計に乗るんですよ。

増えたら運動や食事制限で調整してね」とこともなげにおっしゃる。毎朝か……毎朝とは。もうすぐ九十歳にならんとする方のこの飄々とした自己管理ぶりに参った。素敵だった。自分もこうありたいが、最近の自分の体重も、体重計に乗ったのはいつだったかも覚えていない。少しは氏を見習おうと庭仕事が終わった後、玄関脇に仕舞い込んでいた体重計を取り出して乗ってみた。するとなんと東京時代より四キロも増えていた。ギョッとした。小さい人間の四キロ超えったら大きい人の一〇キロ超えに等しい。しっかり肉が付いているのだ。どうりで今までの服をどこかしら窮屈に感じたはずだ。どこかしらどころか正真正銘窮屈になっていたのだ。

それで目が覚め、さすがに運動しなけりゃならぬと思い至る。とりあえずは歩きだろう。歩くと言ってもあくまでも運動としての歩きである以上そこらへんをタラタラと散歩……では意味がない。無理だと思える距離をぐいぐい歩くしかない。ぐいぐい歩く、それが重要。しかし、久子さんのように家の裏が山なら運動としてのハードな山歩きもぐいぐいとできようが、我が家周辺の平べったい住宅地をぐいぐいと歩いたってなあ。イマイチ気分が乗らない。そこで課題にしていた〝歩いて街に行く〟を、運動の一環として実行しようと閃いた。四キロ超えの今実行しないでいったいいつやるというのか。ぼんやりしてたら逝く日はすぐに来てしまうぞ。

白川沿いでも街に近い付近には「新屋敷」という町名の、その名の通りにお金持ちの住む一角がある。清正公時代には武家屋敷の一角だったのだろう。明治時代には熊本第五高等学校に英語の教師として赴任していた夏目漱石の三番目の家もここにあった（漱石は熊本にいた四年間に六回も転居している）。運動としての街歩き初日は、漱石三番目の家のあった新屋敷一丁目の〈BROT HAUS SHINYASHIKI〉というパン屋さんに寄って白川河畔へ進み街へ入る計画である。〈BROT HAUS SHINYASHIKI〉は数年前そのお屋敷町に移転オープンした。熊本にはハードパンを扱う店が少なく、ここはその少ないうちの一軒だ。私はハードパンが好みなのだが家からは少々歩くので数えるほどしか行っていない。だから運動としての歩きのもとで、この店は運動と食欲その二つを満たす願ったり叶ったりの存在となる。

家を出るとすぐ隣に広がる大学構内を抜け、昔通った中学校の前を過ぎ、十分ほどぐいぐい歩いて店に到着した。トータルで約二十分。小さな店頭からパンを焼く香ばしい匂いが漂い出して近所の家々の庭まで広がる。朝目覚めると窓からこのような匂いが流れ込んでくるとは、さすがはお金持ち、幸せな一角だ。これまでだったらたまにしか来ないから一週間分のパンを買うところだが、運動に目覚めた私はまた来るからとささやかに、明日の朝食用ライ麦パンとこのあと食べる三種のベリーがのっかったパイを購入して店を出た。

住宅地を抜け白川遊歩道に出た。かつてはどこかの所有地だったのか通行人侵入禁止の区画で、雑木が繁り荒れた土地が広がっていた。そこに数年前護岸工事と共に公共の手が入り、すっきりとした遊歩道に生まれ変わったのだ。変わる直前、桜の巨木も切り倒すのかと工事の人に聞いたことがある。「いいや、橋のあっちに移すんですがね、これがまあ大変で。正直生きた心地がしないんで」と造園技師らしいおじさんが答えた。その桜は大甲橋《たいこうばし》を越えた向こうの堤防へと居を移し、今も堂々と花を付けている。

造園の手の入った遊歩道は最初の一、二年はひょろひょろした新顔ばかりでどことなく白々しい雰囲気だった。しかしすぐに若木は育ち、葉を付けた。枝は伸びて、葉も繁った。するとみる間に気持ちのいいプロムナードが出来上がった。ここ数年、三月には「お花見マルシェ」、九月には「白川夜市」という市が立っている。さすがに去年はコロナで中止を余儀なくされたが、今年はとりあえず「お花見マルシェ」は開催されたと聞く。なので九月の夜市が楽しみだ。川のほとりだから九月は月が真上に煌々と輝くだろう。夜のそぞろ歩きのざわめきが早くも頭の片隅に渦を巻く。早く歩きたい。まだ梅雨の手前というのに夜市好きの心はいたく揺さぶられるのである。

遊歩道の柵にもたれてパイを食べる。三種のベリーの調和がいい。ぺろぺろと唇の右左を舐め、対岸の街の方を眺めると空に黒い雲が筋を描き始めた。明日は雨ということだけど、夜から崩れるのかもしれない。それが嫌だというのではない。私は被害が出ない限りにおいて雨降りが好きだ。特に、雨が降り出しそうな〝気配〟が好きだ。その意味で今目の前に広がる空の不穏な様子はなかなかよろしい。

街に接した対岸にも徹底的に整備の手が入り、あちらには堤のような一段階かさ上げの遊歩道が走っている。そこもかつてはほったらかし系の、樹木が鬱蒼と重なる遊歩道だった。川に崩れ落ちそうな角度で大きな桜の古木が何本も生き延びていた。誰も手入れなどしていそうには見えなかったが、それでも自然の力で地面には小さな花たちが顔を出していた。白川までのラン（体力のあった頃は走っていた）のあと、人のいない雑草だらけの片道二〇〇メートルほどのプロムナードを私は何十往復もした。

走り疲れると石段を下りて川辺に出た。その頃は船着場のような石を組み合わせて作られた立派な足場があり、そこでどなたかが給餌されているのだろう、人の気配がすると水鳥たちが寄って来た。私もときどき持参のパンを投げ入れた。カモが来て、バンが来て、少し離れたところからシラサギ、アオサギがそれを見ていた。

或る年、不思議な光景を見た。つがいと思われる二羽のカモに寄り添って白いアヒルのような鳥が泳いでいるのだ。カモより二回りほど大きいし、顔も嘴もどう見てもアヒルに思える。それがどうしてカモと一緒に？　そのときは二週間くらいの長い帰省だったので毎日様子を見に訪れたが、二羽のカモの後を追ったり間に入ったり寄り添ったりして、アヒルはいつもいつも一緒にいた。その姿は親子のように見えた。血の繋がらない親子である。

そこで考えた。これは鳥類に特徴的な卵が孵《かえ》り殻から出たとき「生まれて初めて見たものを親と思う」習性の一つの例ではないだろうかと。岸辺のどこかにカモが巣を作り卵を産んだ。そこにいたずら好きな人間が来てアヒルの卵をそっと置いた。何も知らないカモ夫妻はせっせと育て、そして孵化。何やら大きめの子供がいるが気にせず餌を運び育てたのだろう。カモの子供は習性として巣立つのである。ところがアヒルにはそれがない。いつもいつまでも両親といたい。変だけどまあいいかとカモご夫妻もそれを許した。ガアガアとうるさく付き纏うアヒルだが夫妻は少しも嫌な顔はしてない。

この一家のことが気になって毎年帰るようになった。親は私の度々の帰省を「なんでね？」と喜んでいたが、血の繋がりのないカモの一家を観察に、とは言えなかった。しかし三羽の幸せな姿を見られたのはそれから四年くらいだろうか。いつの間にかアヒルが姿を消し、そうなるとカモは何羽もいるので誰が誰やら区別がつかず一家のその後はわからなくなった。

ぼんやりと思いに耽っていたら薄暗くなってきた。まだぜんぜん運動としての歩きには至っていないが帰る方が安全かもしれない。つまり計画は白紙に戻るってことである。自分っていっつもこんな具合で中途半端に終わってしまう。たぶん死ぬまでこんなことを繰り返すのだろう。帰りの時間を来たとき同様二十分と計算すると、本日の運動はたった四十分ほどの歩きということになる。つくづく竜頭蛇尾というか、大口叩きというか、嫌になるなあ、自分のことが。

トボトボと歩いていると目の前にザクロの木があり花が咲いていた。かわいい花だ、実は付くのだろうか。それはいつ頃になるのだろう。ザクロの実は美味しいから、こっそり捥《も》いで食べてみようか。するとこれからも実の熟し具合を観察に定期的に来ることになるし。多少は運動にいいかもしれない。

梅雨時の庭

田尻久子

日が長くなってくると、もうすぐ夏至だなあと思う。空はいつまでも明るく、午後八時近くになってもまだ夜という感じはしない。夏至の前には梅雨がきて、陽の光を雲がさえぎってしまうけれど。

庭の植物は日を追うごとに育ち、特に野菜は急速に伸びた。トマトやオクラの苗は植えてすぐはちびだったのに、数日見ないうちに私の背丈と変わらないほど伸びていて目をみはる。支柱の長さが足りなくて電線に向かって伸びていこうとしているので、なんとかしないとまずいことになりそうだ。植物はどうやって電線があることを知るのだろう。大家さんが植えたであろう、もともとあったムカゴもぐんぐん育ち、こちらは支柱が倒されそうになっている。獰猛《どうもう》という言葉が浮かぶほどのいきおい。私は庭の手入れをあまりしないので、たまにしげしげと見てはその姿に驚くばかり。

フェンネルはときどき料理に使っていたのだが、しばらく放っておいたらみるみる伸びて花が咲いていた。いまではアゲハの幼虫のすみかになっている。何度見かけても数日後には消えているから、鳥にやられているのだろう。根元に近いところにいれば見つかりにくいと思うのだが、柔らかい葉のほうがおいしいのか、まるまると太った姿でてっぺん付近の花の辺りで葉をかじっているから捕食されてしまう。アゲハになるのを楽しみにしていたのに。

県外の方は熊本の野菜のでかさにびっくりするらしい。日照時間が長いから野菜が大きく育つのだろうか。関東に住む元スタッフが、熊本は昼が長いから帰ってくると得した気分だと言っていた。

ナスは特に大きくて、三〇センチを超えるものもめずらしくない。ナスについて県外の人と話すまでそれが普通サイズだと思っていた。大きいから大味でまずいだろうと思われそうだが、意外とおいしい。でも気をつけないと、材料に「ナス一本」と書いてある料理を熊本のナスでレシピ通りにつくったら、うすぼんやりした味になる。

日が長くなると、ときに縁側でビールを飲む。まれに明るいうちに職場から家にたどり着ける日があるからだ。集合住宅に住んでいた頃はベランダで飲んでいたが縁側のほうが気分がいい。たくさんは飲めないから、柿の種の小さい袋ひとつとコップ一杯のビール。ほんの十五分くらいのささやかな楽しみだ。

先日も、すっかり暗くなるまでにはまだ時間があるなといそいそビールをついで縁側に座り込んでいたら、外出先から帰ってきたお隣さんに手を振られた。吸い寄せられるようにお隣さんに行くと、手入れの行き届いた庭に色とりどりの花が咲いている。大雑把なうちの庭とはずいぶん違う。これはね、ミッチャンってダリア。花の名前をひとつひとつ教えてくださる。ほわほわした不思議な植物があったので、これかわいいですねと言うと、持っていっていいよとすぐに株分けしてくださった。名前はホウキギ。たしかに箒《ほうき》っぽい。

シソもいつでも取っていいからねえ、と気前よくおっしゃる。散歩している人はお隣さんの庭の前でよく立ち止まる。花を愛でる声が聞こえてくるのでわかる。庭の美しさだけではなく、ご夫婦のほがらかなお人柄が人を惹きつけるのだと思う。

家におらんときでも、いつでも見にきてよかよ。花は見てもらったほうがよかけんね。柔らかい声でそんなふうに言われると、誰だってうれしい。丹精込めた庭には季節ごとに折々の花が咲くから、散歩中の楽しみにされている方も多いのだろう。

日暮れどきはカラスやスズメがよく鳴き、話は植物から鳥へと移る。お隣さんは鳥好きだ。数日前、シジュウカラのヒナが庭に迷い込んできた。私はいなかったのだが、お隣さんが発見して教えてくれたと庭仕事中の家人から写真が送られてきた。ヒナと言っても巣立つ寸前のようで、大きさは親鳥とあまり変わらないが、頭にまだふわふわの羽毛が残っていた。飛ぶ練習の途中で迷い込んできたようで、網戸にしがみついて鳴いていたそう。写真の下のほうではうちの猫が家の中からヒナを見ていて、恐ろしげな構図だった。

みんなで心配して見守っていると、しばらくして山のほうから親鳥の鳴く声がして無事親元に飛んでいったという。親鳥の鳴く声もお隣さんが気付いたらしい。

昔はあんまりうるさくなかったけん、メジロなんかば飼う人も多かったもんね。きれいか声で鳴くけん。

鳥の話をしていたらお隣さんがおっしゃった。いまでは鳥獣保護法で野鳥を飼育することは禁じられているが、日本野鳥の会のホームページで調べたら、最後まで飼育を許されていたのがメジロだった。

話しながら思い出したことがあった。幼少の頃、飼っていた鳥を世話する祖父にまとわりついていたとき、メジロを飼っていたこともあると祖父が言っていた。ほんとうに聞いたことか自信がなかったのだが、祖父がメジロを飼っていたとしてもおかしくないといまでは思う。私が幼少の頃に祖父母が住んでいた家は、私がいま住んでいる家のすぐそばにあり、山がどれほど近いか実感しているからだ。

もらったのか、家に迷い込んできたのか。祖父がなにかを飼う理由はたいてい受動的だった。子どもたちが夜市で捕ってきた金魚に、迷い込んできた小鳥。物静かで、もくもくと植物や小動物を世話する人だったから、山へメジロを獲りに行ったりはしないような気がする。メジロは、見るたびに思わず「かわいい」と言ってしまうほどにかわいいし、美しい声で鳴く。飼いたくなる気持ちもわからないではないが、それはやはり人間の身勝手だろう。椿の花の蜜を吸いに現れる姿を垣間見るだけでじゅうぶんだ。

私は中学生のときに親元を離れ、仕事をはじめるまで祖父母の家で暮らしていた。彼らと日常会話以外のことを話した記憶があまりなく、いまになってあれもこれも尋ねてみたかったと思うようになったが、祖父母はもうすでにこの世にいない。些末なことも大事なことも訊いてみたかった。メジロはどうやって手に入れたのか。どんな植物が好きだったのか。二人はどうやって知り合ったのか。なぜ満州に行ったのか。第二次世界大戦をどう見ていたのか。満州からどうやって帰ってきたのか。孫たちを預かってともに生活することにストレスはなかったのか。訊きたいことはいくらでもある。

小さな世界に暮らしていても、そこを中心に世界を見ることは可能だ。彼らは私の「じいちゃん」「ばあちゃん」である前にひとりの人間だったのだが、それに思い至るまえに別れがきたので、何も訊くことができなかった。

私が幼い頃、祖父母は小さな貸家に住み、つましい暮らしをしていた。こつこつとお金をため、後に家を建てたのだが、その小さな貸家のことばかりを最近は思い出す。その場所の近くに越したからに違いないが、私はその家が好きだったのだろう。写真一枚残っていないから、ずいぶんと記憶をつくりかえてしまっているかもしれないけれど。

今年の梅雨入りは遅かった。あまりに遅いと集中して雨が降り豪雨になるのではないか、と不安になってきた頃にようやく梅雨空が広がった。六月の満月はストロベリームーンだとパソコン画面が教えてくるが、月はしばらくの間あまりおがめないだろう。吉本さんと交わす月メールもしばらくの間お休みかもしれない。

雨が降っているとご近所さんの井戸端会議の声や鳥の声が聞こえないからなかなか目が覚めず、寝過ごしてしまうことがある。陽が射さず薄暗いのもよくない。猫たちも暗いと目が覚めないようでぐっすりと寝ている。朝寝坊の身には陽の光が重要だ。子どもの頃から変わらず朝起きるのが苦手で、寝起きの動きがゾンビみたいだと言われたことがある。ゾンビに退散してもらうために、まずは家中のカーテンを開けて光を入れるのが日課なのだが、雨だとうすぼんやりした光しか入らない。

朝寝坊がいつにも増してひどくなるが、雨は嫌いではない。もともと出不精だから、どこにも行けなくてもまったくかまわない。仕事に行かなくてよければなおさら。災害が起きるほどの雨の場合は話が別だが。

家を借りるとき、築五十年ほど経っていたし、大家さんがセルフリノベーションをされていたようだったので雨漏りが心配だった。案の定、越してすぐに寝室にしていた改装部分が雨漏り。不動産会社に連絡をするとすぐに対応してくださったが、先日また別の部分が雨漏りをした。私の人生はどうやら雨漏りと縁が切れないらしい。前に借りていた店舗でも、いまの店舗でも、雨漏りの経験がある。築年数が古くて家賃が安いのだからしょうがない。

ふたたび連絡をすると、ありがたいことに今回もすぐに対応してくださった。屋根に防水加工をするのだが、二度目は室内も少し傷んでおり、内装業者さんも入ることになった。不動産会社の担当の方は猫好きで、業者さんと打ち合わせしているときに、猫ちゃんは？　と尋ねられた。雨漏り箇所は掃き出し窓の上部で、窓を開け閉めしながらの確認になると思ったので、猫が外に出ないよう別室に隔離していた。こっちですよ、と閉じ込めた部屋に連れて行き猫に会ってもらう。打ち合わせは十分ほどで済み、数日後、職人さんが一人で作業に来られた。

当日、ほれぼれする手際で職人さんが作業を終え、これで無事梅雨を迎えられると安堵していると、意外なことを尋ねられた。猫は別の部屋にいるんですか？　打ち合わせのときの会話を聞いていらしたようだ。猫に会うのをひそかに楽しみにしていたのだろうか。猫お好きですか？　と尋ねると、自分では飼っていませんが姉が保護猫をたくさん飼っていて、とおっしゃる。せっかく尋ねてくださったから会ってもらうかと、猫を閉じ込めていた部屋の窓を開けると、うちの猫たちはまったく人見知りをしないのでわらわらと職人さんのほうへ寄っていく。職人さんは網戸越しに指で猫のひたいをつつき、かわいいなあと破顔しておっしゃる。私は猫と違って人見知りなので、職人さんと一対一でいることに少し緊張していたのだが、その顔を見て一気に緊張がほどけた。

梅雨らしい雨が断続的に降っているとき、小降りになるとにわかにスズメが鳴き出しにぎやかになる。スズメは群れて行動するからよく鳴く。あそこに食べるものがある、とか、あぶないよ、とか教え合うそうだ。声に誘われて外を見ると、空は少し明るくなっている。

スズメの数はかなり減少していて、寒い地域では冬に餓死することもあるという。人に近い場所で暮らしているのだから、減ってしまう原因は人がつくっているのだろう。スズメはあまりにありふれた鳥だからいままで気にかけたことなどなかったのに、最近ではスズメばかり観察している。部屋からちょうど真正面に見える木と木の間の塀によくいるのだが、枝葉の中からちょこちょこ出てくる様子を見ていると、塀の上が舞台のようだといつも思う。葉っぱの中が舞台袖だ。互いにじゃれ合ったりしているのを見るのも楽しく、見飽きない。

今度こそ吉本さんみたいに散歩に行って出かけた報告を書こうと思ったのに、雨が降っているのを理由に家に閉じこもってスズメばかり見ている。山も川も水源地も近くて、散歩する場所はいくらでもあるのになんて不精者なのだろうと反省するのだが、熊谷守一だって自分ちの庭ばかり見ていたじゃないかと思うと、それでいいような気もする。庭の広さが違うだろう、と言われそうだが。

空を見上げる

吉本由美

今はまだ七月の終わりでこれからが夏本番となるのだけれど、私は早くも夏疲れと言おうか、疲弊している。庭の草たちがすでに取りつく島もないほどに繁り、毎朝毎夕、私の心とお財布を締めつけてくるのだ。

長年シルバー人材センターに頼んでいた草刈りだが、年に数回ともなるとその費用馬鹿にならず、ならば自分で手入れできる程度に形を変えればいいのでは？　と、三年前、借金までして造園会社に造り替えてもらった庭なのだ。それなのに結局自分ではやりくりできずに、去年も一昨年も、夏場の雑草最盛期は弟や便利屋さんに甘えてしまった。人に頼り、お金に頼った。それが情けなかった。自分を許せなかった。何のために造り替えたというのか、バカもんめ、不甲斐ない、と自己嫌悪に陥った。

それで今年こそは自分でやる、と、強く強く心していたというのに、暑くなり、気がついたら造園会社の名刺を取り出している自分。情けないと思うが庭に出る勇気がない。

暑さに弱い。十日間ほど、その名刺と生い繁る庭とを代わる代わる見続けた。しばらく雨らしいから頼むのはまだ先でいいな、とか、ゆっくり休むと元気が降って湧いてきて自分でやる気が起こるかも、とか理由を探し、電話（スマホだけれど）を手にする決意が日一日先になる。現在は「この原稿を書き上げたら」が先延ばしの理由である。

このような優柔不断な状況に陥った要因は何かというと、自分の意志の弱さもだけれど異常気象も多少はあると思う。年々気象の異常度は増してくる。今年も予測のつかない空模様で、五月から六月にかけては猛暑が続き外に出るのもつらかった。もちろん庭仕事など高齢者ゆえ無理な話だった。話に聞くと農家さんも、このままでは夏場水不足になるのでは、と気を揉んでおられた。それが六月も十日を過ぎてやっと梅雨入りを果たし、私も農家さんもホッと一息つけた。カンカン照りの暑い日よりも雨の日の方が庭に出られる気がして、テラスに、ゴム長、レインハット、レインコートを用意した。熊本の天才・坂口恭平も自著『土になる』（文藝春秋）の中で雨でも畑に出ると書いている。恭平を羨望のまなこで見ている私はその一文に背中を押され、すっかりその気になっていたのだった。

と、そういう風に雨の日を待ち侘びていたのだが、なぜかチョロチョロしか雨降りは続かず、二週間ほどでいきなりの梅雨明け宣言だった。え？　もう？　昨年、一昨年の豪雨災害を繰り返してはならぬとテレビや新聞に散々脅かされていたので梯子《はしご》を外された気分である。そもそも、桜の開花といい、梅雨明けといい、どうなんですかね、宣言が必要ですかね？　という素朴な疑問……はとりあえず横に置き、気象庁お墨付きの晴天ならばとこのところ乾燥機に頼っていた洗濯物を干しに二階へ上った。そしてベランダに出て空を見上げた。短い梅雨が明け再び猛暑と対峙することになったその日の空には夏を告げる爽やかな雲が浮かんでいた。なんのかんの言ってもやはり空はいいな、と深く息を吸った。

「しかしですよ、短か過ぎやしませんか」と毎週産地直送・採れたて野菜を配達してくれる「おやまのやおや」の鈴木さんは言う。これじゃ農家さんは心配ですよ、という彼の言葉どおりに再び夏場の水不足が指摘され始めた七月上旬、今度はじめじめとした空模様が続いた。それは「戻り梅雨」と言うらしい。これまた「えっ？」の世界だ。梅雨に戻ったというわけか。初めて聞く言葉に、天気よ、いったいどういうつもり？　人間を翻弄していったい何が面白いわけ？　と言いたいところだが、これも全ては人間の愚行のなしたる結果である。戻り梅雨くらいでじめじめ泣き言を言っている場合ではない。ヨーロッパでは猛暑、乾燥、山火事が続き、住みやすい気候と信じて疑うことのなかったフランス、イギリスでも四〇度、スペイン・コルドバ地方に至っては最高気温四三・

六度を記録したと聞くから恐ろしい。人間もだけれど動物たちはどうしているのか。二年前のオーストラリア大山火事でのコアラの惨状が頭をよぎる。まだ日本の、九州の、熊本の、三六・六度などかわいいものだ。この程度でのたうちまわっていては恥ずかしくなる時代がすぐそこに迫っている。この先農家さんは野生動物たちはどうなるのだろう。

などと大きな問題に頭を悩ますこともあるが、今いちばんの悩み事は荒れ放題の庭をどうするかの、ちっさい話である。言いわけをするつもりはないが（しているか）、この暑かったり雨だったりのドタバタした気象のもとで庭に出る気持ちが萎えてしまったのは本当のことで、決してだらしなさの問題だけではないはずなのだが。

空を見上げる……というと東京時代、お寺の敷地内に建っていたマンションの六階から眺めた夕焼けが忘れられない。眼下はお寺の境内で、そのずっと先にはフランス大使館の森があり、つまり六階のベランダに出ると目を遮るもの一つない大空が広がっていた。北向きの部屋ということから安く入居できたのだった。私は断然南向きの部屋より北向きが好きだ。その方が外の景色が美しく見える。樹木は全てこちら向きに花を咲かせたり葉を茂らせたりしているし、ピカピカの日差しに家の中が疲れることもない。

それはもうすぐお盆という夏の夕方だった。友だちがうちの近所の商店街の焼肉屋に行きたいと言い張るので、焼肉にはさほど興味のない人間だけれど自分の部屋で待ち合わせをした。とても暑い日で、「七時には」と言う友の到着を待つのももどかしく、私はその前にベランダに出てビールを飲んでいた。北向きの空は青く澄み切っていたが左の方向を見ると違っていた。西の空が真っ赤だった。港区から西の方向といえば長野・山梨方面である。東京の夕焼けの見事さは毎度のことだったが、その日はことのほか燃えたぎるような、異常とも思える赤さで、一種不穏な気配さえした。七時より少し遅れて友だちが到着。やれやれと焼肉屋へ急いだ。

焼肉屋に入り席に着きあれこれ注文していると店内がザワザワと騒がしい。お箸を持ったまま、ビールジョッキを持ったままの人たちがテレビの前に集まっている。席でも皆さん顔を寄せ合い、手を握り合ったりもしている。何事かと私もテレビの前に行った。そこで日航ジャンボ機が長野か山梨か群馬の山間で行方不明になっていることを知った。それからは心配と落ち込みで焼肉に舌鼓を打つどころではなかった。この店を指定して意気揚々やってきた肉好きの友だちもさすがに食べるスピードを落としていた。

何が辛いと言って、自分がシャワーを浴び汗を流して気持ちよく六階のベランダでビールなんぞを飲んでいたまさにそのとき、眺めている真っ赤に燃えた西の空のどこかで、五百二十四人もの人を乗せたジャンボ機が揺れに揺れ、ダッチロールを繰り返し、みんなを恐怖のどん底に陥れていたということだ。それを思うと胸がえぐられるようだった。早々とお開きにして部屋に戻りテレビをつけ事故現場捜索の中継を見た。その夜は眠れずにソファに横になったままで気がついたら朝だった。つけっぱなしのテレビに顔を向けると、画面からぐったりした女の子がヘリコプターに吊り上げられて救助されている様子が目に飛び込んできた。

前日の夕方と夜とこの日の朝のことは何もかもが忘れられない。今でも思い出すたび胸がバクバクと苦しくなる。

楽しい空の思い出を語るつもりが、何かしら重苦しくなってしまった。

活字を食べて生きてきた

田尻久子

久しぶりの遠出をした。遠出と言っても熊本県内で、車で一時間ちょっとの場所。店を休めなかったので仕事が終わってから出かけて、次の日は直接出勤した。外泊をしたのはコロナ禍がはじまって以来初めてのことだ。梅雨のさなかで、いま思えば、コロナ第七波がはじまる寸前だった。少しでも時期がずれていれば行けなかっただろう。

りっこちゃんの帰省に便乗して彼女の実家に遊びに行った。山都町《やまとちょう》の「津留《つる》」という集落。町村合併するまでは矢部町《やべまち》という町名だった。彼女のご両親はお二人とも本が好きで、店にも何度か来てくださっている。いつかの帰り際に、「津留においでください」と声をかけてくださったのをいいことに、一度寄らせていただいた。そのときに今度は泊まりがけでおいでと言われ、図々しく再びお邪魔することにした。

何度も訪れた場所ではないのに、山を越え、家々が建ち並ぶ場所へと入るとなぜだか懐かしいような気持ちになる。同時に、うらやましいような気持ちもわいてくる。

若い頃は人並みにいろんな町の花火大会に連れだって行ったりしたものだが、地元の人たちにまぎれて夏祭りの会場を歩いていると、自分たちだけがよそもののような気になった。もちろんそんなはずはなく他にも観光客はいるのだが、「地元の祭り」を楽しんでいる人たちをついうらやんでしまう。私は熊本市出身で、地元の祭りがないわけではないが、やあやあと声をかけあうようなこぢんまりとした祭りではないし、参加したこともほとんどない。出身地を出たことがないし、いまでは「実家」と呼べる場所もないから、「おかえり」と言われてみたいのかもしれない。そんなことをつらつらと考えていたら、つい先日、珍しく祖母が夢に出てきた。食べ物をたくさん並べて、「おもさん食べなっせ」とすすめられた。たくさん食べなさい、という意味だ。祖母はいつでも、人が集まるときには食べきれないほどの料理をつくっていた。故郷と呼べる場所はあなたにだってあっただろう、と祖母に叱られているような気持ちで目が覚めた。

津留はいわゆる限界集落で、八十代でも若手と言われるそうだ。たしかにりっこちゃんのご両親は八十代ではつらつとしており、若々しい。山に囲まれて暮らしているから、家と店の往復ばかりしている私よりよっぽど体力があるのかもしれない。おまけに酒も私よりずっと強い。社会に対する関心も高く、彼らはたびたび抗議活動のスタンディングで先頭に立つ。抗議内容は、町で行われる日米共同訓練（オスプレイの夜間飛行や実弾射撃訓練)への反対運動だったり、ウクライナ侵略への抗議だったり。有言実行とはこのことだと頭が下がる。

集落に入るために緑川にかかる津留橋を渡ると、たもとには以前にはなかったウクライナの旗がはためいていた。山の緑に黄色と青があざやかに映えている。戦争を乗り越えて生きてきた人々の「戦争反対」という強い意志を感じる。この光景を忘れないでおこうと写真に収めてから、家へと上がりこんだ。部屋と部屋の間の襖《ふすま》が開け放たれ、広々とした畳敷きの居間に晩の支度が並ぼうとしている。全然似ていない家なのに、祖父母の家を思い出す。いや、そのときは思い出さなかったかもしれないが、いまその瞬間を思い返すと、子どもの頃に夏休みを過ごした祖父母の家での記憶が重なってくる。夏休みにそこで過ごす時間は、私にとっていつも特別だった。自力で遠くに行けない子どもにとって、嫌いな学校からいちばん遠く離れられる場所だったからかもしれない。大人になってみれば、車でたった二十分程度の距離だが。

夏になると、ふとした瞬間にその頃の記憶がよみがえる。たとえば、ツクツクボウシの鳴き声を聞いたときや、仕事帰りに道ばたで花火をする子どもたちを見かけたとき。夕立や雷鳴の音がそこへと連れていくこともある。記憶が時空を軽々と飛び越える感覚は、本を読んでいるときの感じとよく似ている。没頭すると、簡単に旅ができる。

先にお風呂どうぞ、と言われて遠慮なく入らせていただき、上がると食卓にはごちそうが並んでいた。握り寿司は、お父さんが魚をさばき、お母さんが握ってくださったのだという。人が集まるときの定番のごちそうらしい。りっこちゃんの連れ合いやいとこも交えての宴会だ。魚はどれもつやつやとして、いかにも美味しそう。ごちそうを前に酒もすすみ、私たちはずいぶん長いこと話をしていた。社会情勢や戦争の話、ご両親の出会いの話、集落の話……過去と現在を行きつ戻りつして、話は尽きることがない。途中、わりと大きな地震があり肝を冷やした場面もあったのだが、コロナ禍をひととき忘れることができた夜だった。

りっこちゃんのお母さんは台湾生まれの引揚者だ。名前は暢子さん。小学校の教員をされていたのだが、一九七〇年代には部落解放運動と出会い、識字学級で文字を教えていた（暢子さんは「ともに学んでいた」とおっしゃる）経験をも併せ持つ。識字学級に来ていたのは、おもに文字を持たない女性たち。彼女たちが奪われてきた言葉を取り戻す手助けをされていたのだ。識字学級へは仕事が終わった後に行くので帰りが遅かったそうで、「道の暗かけん、送り迎えばしよった」とお父さんの益行さんがおっしゃっていた。そういった話は遊びに行く以前から聞いていたので、前に文章に書かせていただいたこともある。お礼を兼ねて掲載誌を送ると、美しい文字の手紙が送られてきて、識字学級での思い出にも少しふれてあった。

みんなで話しているときに、学校が嫌いだったとおっしゃったので、ではなぜ学校の先生になったのかと聞いてみたら、「ごはんを食べなくちゃいけないから」とおっしゃった。そのときは笑って話されたが、台湾での余裕のあった暮らしが戦争で突然に打ち切られ、引き揚げた先で衣食住すべてがどん底に落とされたことは、いま思えば、自立するのにとても良かったのだと思う、といただいた手紙には書かれていた。「自分の口は自分で養うということが当然のこととして育ちました」とも、書かれていた。暢子さんは益行さんのことを「連れ合い」とおっしゃる。私も「嫁」や「主人」といった言葉は普段から使わないようにしているが、八十代でそうおっしゃる人にはあまり会ったことがない。熊本のような地方都市では特にそうなのかもしれない。出会ったのは最近だけれども、彼女のような先人たちがいまの私をつくっている。ありがたいと思う。

台湾から引き揚げたときの話が印象的だった。二カ月ほど過ごした高雄の収容所から引き揚げ船に乗ったとき、暢子さんは十歳。浅瀬を行くと機雷がそこら中に落ちているから、一度太平洋に出て、一週間かけて帰ってきたのだという。「黒潮って黒いんだと思った」とおっしゃった。「リバティ」という名前の貨物船の船底に詰め込まれ、ずっと弟さんをおんぶしていたそうだ。船の中の食べ物は臭くて臭くて、みんなそこら中でげえげえ吐いた。広島の大竹市に着くと、海岸の松の木がきれいだったという。その光景が暢子さんの脳裏に浮かんでいるように見えた。そこで手続きを待つのに二晩か三晩かかり、食べ物はカンパンしかもらえないので、みんな潮干狩りをして、空き缶に海水と一緒に入れて火にかけて食べた。「あれ、美味しかった。あれで、みんな生き返った」と記憶がよみがえったようにおっしゃる。

貨物船から降りたときの話は、暢子さんの原点を見るようだった。とても背の高い貨物船からは長々とタラップが下ろされている。そこを降りるときに周囲にいる人たちに笑われたそうだ。そのときの気持ちを追いかけるように話してくださった。

「高ーい貨物船だけん、タラップがずーーっと、長々とはしごが下りるわけよ。で、そこを降りらにゃんとたい。あたし、弟ばおんぶしとったもん。あたしは降りようとしたったい。だって、はしごぐらい降りるとが当たり前て……。そしたら船員さんがね、ぜったい降ろさせんでね、船員さんが私をおんぶしたけんね、私は弟をおんぶしとるけん、そっぱ（それを）見てね、先に降りた人がみんな笑ったけんね、私はたいーがはるかいた（とても怒った）。みんな引き揚げてきて、やっと笑い声が出たんだろうけど、私は笑われたと思った」

客観的に見るとおかしかったろうといまでは思う、と笑っておっしゃった。親亀が子亀を乗せて、さらにその上に孫亀が乗っているようなその光景を見て、周囲の人たちは微笑ましく、長く続いていた緊張がほどけた瞬間だったのだろう。でも、十歳で戦争を経験して長旅を経て、弟を守るようにして帰ってきた自立心の強い彼女は、大人を頼るよりも、自分の力でタラップを降りたいと思ったのだ。それが当然だと。

台湾から帰ってきた後に入った学校で、暢子さんはいじめられた。引揚者は他におらず、ハイカラな服を着て、当時は標準語を話していた彼女は、学校ではとても目立った。取り囲まれて、頭の先からつま先まで見られた。まるで別の生き物のように扱われた。はじめて学校に行った日に着ていたワンピースは二度と着ていかなかったという。あれはお米に換えられたと思う、とおっしゃっていた。

食べ物がない、友達からいじめられる、先生ににらまれる。そういうことはすべて、本の世界で生きていくことでやり過ごしてきたのだと暢子さんはいう。「腹がへったときも活字を食べて生きてきました」と少しおどけたようにおっしゃった。引揚者だと差別された経験が、のちに識字学習へと彼女を向かわせた部分もあったのかもしれない。

状況はまったく違うが、私も活字を食べて生きてきた。本を読むことはあなたにとって何ですか？　と問われると、食事とあまり変わらないとなかば本気で答える。もちろん、本を読まなくても体は維持できるだろうが、読めないとすごく辛いのだ。読むことで考え、読むことで疲れを取り、読むことで満足を得てきた。読めなかったら耐えられない時間があった。暢子さんの話を聞きながら、僭越ながら同じです、と心の中でつぶやいていた。

彼女は教職を退いてから、誘われて句会に入ったそうだ。コロナ禍でいろんなことが中止になり時間ができたので、句文集をまとめたのだと送ってくださった。暢子さんと益行さんの共著で、書名は『峡《たに》の空』（熊日出版）。津留は谷間にある村だ。益行さんの序文からはじまり、二人のなれそめが書いてある。訪れたときにも聞いた話だ。益行さんが任された村の雑貨店の前を、村の教師として新規採用になった暢子さんが通るようになる。彼は、ロバート・ブラウニングの詩劇「ピッパが通る」の中の一篇、「春の朝《あした》」を心の中でそらんじる。「時は春、日は朝《あした》」と、彼女をピッパになぞらえて見ていた。そして、いつしか気になる人になっていく。そんなあるとき、下校の路上で彼女がアグネス・スメドレーの『偉大なる道』（岩波書店）を貸してくれた。アメリカの女性ジャーナリストの著作で、中国人民解放軍の朱徳将軍伝だ。「以来われわれ二人は、人生を共に歩くことになった」と書かれている。

みんなで呑みながら二人の出会いの話を聞いていたとき、暢子さんは笑いながら「本読むと誰かに貸さんと頭がうずきよった」と言っていた。「身も蓋《ふた》もにゃーこつば言うな」と益行さんも笑っていた。長く連れ添っている二人の句文集に連なった名前は、暢子さんの名前が先にある。結ばれるべくして結ばれた二人なのだとそれを見て思った。

暢子さんが気に入っているという、彼女の詠んだ句をひとつ紹介したい。私も好きな

句だ。暢子さんの姿がありありと見えるから。

「青空へシャツ干し独りのメーデー歌」(『峡の空』より)

映画にまつわるいくつかの話

吉本由美

自然は律儀に日常を繰り返し、今年も秋が来て冬になった。冬になると俄然映画を観たくなるのはどうしてだろう、と、久しぶりに外に出て、近所の大学の構内に立つ一本の紅葉樹を見て思う。美しい紅葉樹に欧米の映画の中の風景が重なるのか、確か二、三年前もこの木を見ているうち急に映画を観たくなり、バスに乗り、街に出て、〈Denkikan《デンキカン》〉へ行ったのだった。

〈Denkikan〉は熊本市内で唯一の単独映画館で繁華な街中にある。すぐそばにバスターミナルが、五分も歩けばデパートがあり、お城近辺を散歩してそのあと映画でも観て買い物して帰ろうかという悠々自適のシニアには実に都合のいい映画館だ。だからか日中おいでになるお客さんの半数以上が高齢者だ。若者が多い東京の映画館とはそこが違う。熊本に帰ってきて驚いたことの一つがそれだった。映画が終わりホール内が明るくなって周りを見回せば、何と自分と同年輩の客ばかり。熊本のシニアには映画ファンが多いってことなのか、熊本の若者は日中ほかのことで忙しいってことなのか、あるいは熊本には若い映画ファンは少ないのか。熊本に帰ってからは住まい周辺の夜道が暗いということもあって夜映画を観に行くことは滅多にないが、しかしある夜、たまたま行ったら若者がたくさん観に来ていて、なんだ、熊本にも若い映画ファンはしっかりいるじゃないかとホッとしたことはしたのだったが。

とにかく冬のその日、銀行で用事を済ませたあと、細野晴臣さんのドキュメンタリー映画「NO SMOKING」を観ようと〈Denkikan〉に駆け込んだ。始まる寸前だったのでいつもなら頼むコーヒーはあきらめて席についた。映画鑑賞中手元にコーヒーがないのは残念だが、こういう〝飛び込み〟も私は好きだ。ハアハア言いながら、間に合ったぜへっへっへと忍び笑いをしつつ、コートを脱ぎ、シートに座り、観る体勢になったときの〝では!〟という心持ち。身体中が映画への期待に満ち満ちているそのときが。

細野さんのドキュメンタリーは冬観るのにぴったりの、温かく、とてもフレンドリーで楽しい作品だった。「細野さんに会いにいこう。」というキャッチコピーどおりに細野晴臣という大先輩に会いに行き、あのゆったりとした口調のおしゃべりを聞いて得して帰って来たような気分になる。幼少の頃の細野少年、「はっぴいえんど」の結成秘話、「YMO」の大ブレイク、そして現在の縦横無尽な音楽活動。全編に細野さん独特のユーモアが漂い、観ている間中グスグスと笑いの火種が燻《くすぶ》っている。私は昔からこの人の照れ隠しのようなユーモアが好きだったのだ。私より一つ年上のおじいさんだが、好きなことをして自由に軽々と飄々と生きておられてカッコいい。〝自由人〟という日本には稀にみる素敵な存在である。映画後半のライブ場面の楽しげな細野さんを観ながら、私もこういうおじいさんになれればなあ、と強く思った。

細野さんについてはもう一つ個人的な思い出がある。怒られるような話ではないからここにこっそり書いてみる。それは私の白金台時代半ばのことだから十七、八年前になるだろうか。旅の仕事で数日留守にするため泊まり込みの猫留守番をま〜こ（手相観の日笠雅水《ひかさまさみ》さん）に頼んだときのことだ。ま〜ことは手相を観てもらって以来の仲良し関係で、喜んで引き受けてくれた。そのときうちには気難しい三毛猫のコミケと、新しく迷い込んできためちゃくちゃ性格のいい黒猫のクッちゃんがいた。このクッちゃんにま〜こはメロメロになった。彼女はクッちゃんのかわいらしさを誰かと共有したかったが、今みたいにいつでもどこでもＬＩＮＥでおしゃべりという時代ではないから、旅先の私を相手にするわけにはいかない。そこでその夜、晩御飯を一緒に食べた細野さんに「とびきりかわいい黒猫がいるけど見たくない？」と訊ねたのだった。

音楽界に顔が広く、忌野清志郎さんや大貫妙子さんとも仲が良いというま〜こは手相観となる前、「ＹＭＯ」のマネージャーをやっていた。手相観となってからも付き合いは続いて、そんな中の或る夜だった。細野さんのお宅も白金台なので、ご飯からの帰り道ユミちゃんの部屋に寄ってもらってクッちゃんを見せたいと思ったそうだ。なぜなら細野さんも長年黒猫を飼い続けていて、黒猫についてはやたら目の利く自称「黒猫評論家」だったから、と、後日ま〜この説明があった。許可なしでヒトの部屋に他人を上げることには少し罪悪感があったそうだが、細野さんにクッちゃんを見てもらいたい願望がそれを遥かに上回ったという。そしてご対面。ゆっくりクッちゃんと戯れた黒猫評論家細野さんは帰り際にひとこと、「実にいい黒猫だね。黒猫界でもトップに近いと言ってもいい」と言ってくれたよー、と、戻ってきた私にま〜こからいの一番にご報告があった。彼女に負けず私の喜びいかなることか。私の大事なクッちゃんを細野さんが褒めてくれたなんて。そのあとも白金台のお蕎麦屋で何度かお見かけした。そのたび「クッちゃんを褒めて下さってありがとうございます」と感謝の気持ちを伝えたかったが内気な私にはとうとうできなかった。ただ勝手に親近感を抱き、ああいうおじいさんになれたらな、と叶わぬ夢を抱いているだけなのだ。

私の子供時代、熊本市内には映画館がたくさんあった。映画全盛期の頃はぜんぶで三十軒ほどあって、数では九州一を誇っていたらしい。それが、私が熊本を離れた一九六四～六六年あたりから数を減らしていったという。確かに夏休みなどで実家に戻り、さて映画でも観ようかと映画館の集中していた新市街に行ってみると、あったはずの映画館が軒並みパチンコ店に替わっているのに驚いた記憶がある。

それでも頑張っていたシネパラダイスが閉館して残ったのが電気館だけとなったのはいつ頃のことだったか。私が戻ってきたときはその電気館もリニューアルして新しく〈Denkikan〉として再出発していた。そしてシネコンが一館できていた。それが今では三館に増えた。こんなささやかな街中にシネコンが三館もあることに違和感を覚える。それぞれの上映作品が異なっているのなら手も叩ける。様々な作品に出会えることは映画ファンの喜びだ。しかしその三館の上映作品はほぼ同じだ。TOHOシネマズ、ユナイテッド・シネマ、ピカデリーと館名は異なるのに上映作がほぼ同じとはどういうことだろう。このようなシネコンしかない街なら、大作、話題作、アニメ、ドンパチ、以外の映画を観たい人たちはどうすればいいのか。シネコンの上映システムがどうにもわからなくてムラムラと不満ばかりが溜まっていくのだけれど、まあ熊本は〈Denkikan〉だけでも単独上映館として残ってくれているのはありがたいことだ。

二〇一六年の終わりかけ、熊本日日新聞のベテラン記者・荒木昌直さんから「映画会をやりませんか」という連絡がきた。隔月くらいの間隔で会を開き、私のおすすめ映画一本をみんなで観てそれについておしゃべりしませんか？　と。もう映画の仕事からは遠く離れているし人前でしゃべるのは最も苦手なことだから、最初は返事を渋っていたが、自分の好きな映画を皆さんと一緒に観てその感想を述べ合うことはもしかしたらとても楽しいかもしれないと思い直して、清水の舞台から飛び降りる覚悟で引き受けた。私が作品を選び、荒木さんがそのDVDを探し、私が作品紹介を新聞紙上に書き、荒木さんが熊日ホールでの開催の諸事を処理する。営利目的ではなくあくまでも読者サービスの一環だから入場料は無料、なのでDVD使用でも問題はない。という形で翌年二〇一七年五月、奇数月という前提で「熊日名画座　吉本由美おしゃべり映画会」がスタートした。

初回はカズオ・イシグロ原作、J・アイヴォリー監督、アンソニー・ホプキンスの渋い演技が光るイギリスが舞台の映画「日の名残り」。七月はチャン・イーモウ監督の中国映画「初恋のきた道」、九月はJ・カサヴェテス監督、ジーナ・ローランズ主演のアメリカ映画「グロリア」、一一月はトラン・アン・ユン監督の「青いパパイヤの香り」、翌年一月はウディ・アレン監督のアメリカ映画「マンハッタン殺人ミステリー」。取り上げる作品に関してはとんとん拍子にことは運んだ。全て自分の好きな映画だから言いたいこと伝えたいことはたくさんあるし、集まってくれた皆さんの様々な感想を聞けるのも楽しいなと思っていたのだが、やはりそうは問屋が卸さないのだ。

まず、皆さんわりと白けている。映画が終わると半数ほどの方々がわらわらと席を去られていく。残って下さった方々もどこか熱気がない。感想をおしゃべりするというもう一つのテーマはどこへ行ったのか。この状況を荒木さんと話していて、徐々に浮かび上がってきたのは原因が〝無料〟にあるのではないかということだ。よく見ると、私の友人知人以外、参加者のほとんどがシニアだった。それは毎回の現象だ。シニアでも映画好きはたくさんいるし、実際参加者の何人かはそういう人たちだったけれど、無料なら暇つぶしにいいと参加された方が大半のようだった。

それがはっきりわかったのはホール上映を五回で終了し、二〇一九年三月からは〈Denkikan〉での開催と決めてからだ。ホールでDVDの粗い画面を二時間前後見続けるのはけっこう辛いし、しかも折り畳み椅子である。終了後ヘトヘトになるのは当然のことで、まずこの二つをなんとかしたかった。映画を観るなら、やはり綺麗な画面で心地よい椅子に座って観たいものだ。荒木さんから〈Denkikan〉での開催をお願いしてみようか、との提案があった。確かに映画館でなら上の二つの問題はクリアできる。しかし映画館での上映だから無料は無理だし、フィルムの貸し出しとその料金の問題がある。それら入場料の安価設定や配給会社との交渉などを〈Denkikan〉館主窪寺洋一さんにお願いするか？　うん、しよう！　受けてくれるか？　できるのか？　すると……できる！　という返事で、晴れて三月、待望の侯孝賢監督の台湾映画「悲情城市」の上映が決まったのだ。

「悲情城市」についてはは書きたいことのオンパレードでとてもここには詰め込めない。入場料は窪寺さんのご厚意で確か千円に収まったと思う。上映は三階か五階の百四十席のホールだったが、予約と当日券で満席状態、補助椅子も出た。無料じゃないから入らないかも、との危惧は軽く吹っ飛んだ。つまりお金を払ってでもこの作品を観たいという人はたくさんおいでなのだ。そういうお客さんばかりだから場内には熱気が走り、観終わった後のおしゃべりタイムもたくさんの意見感想が飛び交った。そうだ、そう、映画会はこうでなければと私は胸を撫で下ろした。

これに気をよくして、「バーバー」「チャイナタウン」「コーヒー＆シガレッツ」「ブロークン・フラワーズ」「ブラック・レイン」「幸福」「緑の光線」「お早よう」「まぼろしの市街戦」「恋恋風塵」「悪魔の手毬唄」「死刑台のエレベーター」「エレファント・マン」「真夏の夜のジャズ」とおよそ三年なんとか続け、二〇二〇年一二月の「女は女である」で幕を閉じた。取り上げたい作品はまだ山のようにあるのだが、これと思う作品は諸般の事情でなかなか借りられず、そうこうしているうち荒木さんが定年退職となっため、これで終わりと決めたのだ。それにコロナが徐々に姿をあらわにしてきた。最後の「女は女である」あたりからコロナの影響はあって、大丈夫だろうかと心配しながらの開催だった。そのあとはもうご存じの通りで、私は家に籠りっぱなしでほとんど街に出ていない。従って映画もあまり観ていない。観た中で〝愛おしい〟と思った映画は「パターソン」「動くな、死ね、甦れ！」「サマー・オブ・ソウル」「ROMA／ローマ」「ノマドランド」「アメリカン・ユートピア」のたった六本。寂しい。私の場合人生の伴侶は猫と映画なので、こんなに映画から離れてしまって大丈夫だろうかという不安がある。猫から安らぎを貰ってきたのと同様に、映画からは刺激と喜びを貰ってきた。その刺激と喜びが激減しているこんな状態で自分の頭は大丈夫だろうかと心配になるのである。年寄りなので刺激がないとボケるんではとすぐ思う。喜びが少ないとキレ老人になるんじゃないかという不安もある。やはり映画は観なくてはならぬ。

III

猫のいる部屋

あの時代、あの場所でしか味わえないこと

田尻久子

ちばちゃんは店の元スタッフで、現在は関東に住み「une《ユヌ》 fête《フェット》」という作家名でアクセサリーをつくっている。夏になると展示を兼ねて熊本に帰ってくるのだが、新型コロナウイルス感染症第七波の影響で、今回は帰省をとりやめた。家族と一緒に帰ってくるのはあきらめたが、展示は九月に延期することになった。

ここ最近は九月になっても昼間はまだ真夏のように暑い。お彼岸のおはぎも食べたのにいつまで暑いんだ、とつい愚痴をこぼしたくなる。ちばちゃんは予定通り九月末に帰ってきたのだが、長袖の服ばかりもってきたことを後悔していた。私がまだ裸足にサンダルで過ごしているのを見てうらやましがる。とはいえ、さすがに朝晩は気温が下がり、日が暮れればクーラーをかけずとも過ごしやすい。

窓を開けて風を取り込むと、どこからともなくテレビの音が聞こえてくる。そんな夜は、昔の夏はこうだったと懐かしく思う。どこの家も窓を開け放っているから生活音が

よく聞こえた。人の話し声、テレビやラジオの音、野球中継にあがる歓声……。家の中では扇風機のまわるかすかな機械音も聞こえる。それから、蚊取り線香の匂いとけむり。いまでも、匂いがせず、けむりの出ない蚊取り用品は苦手で、線香を焚いている。子どもの頃、家にはまだクーラーがついていなかったが、寝苦しかった記憶はない。祖父母の家では蚊帳に入って寝ることもあって、ままごとの家のようで楽しかった。夏には夕立がよくきたものだ。雨があがると晴れ間が広がり、気化熱が地面の温度を下げ涼風が吹いた。夕立がこない日は打ち水をすることもあった。でも、最近の猛暑には打ち水ぐらいじゃかなわないし、やってくるのは夕立ではなくてゲリラ豪雨。涼よりも不安を感じる。

ちばちゃんと夜市の話をした。彼女の実家は、私が子どもの頃に祖父母が住んでいた家のすぐそばにある。近くにはこぢんまりした商店街があって、夏休みになるとそこで夜市が立ったから、祖父母の家に泊まっているときに夜市にあたると、必ず連れていってもらった。その日だけは商店街にも遅くまで開いている店があり、なかでも本屋が開いていることがうれしかった。その商店街の夜市に行っていたかと彼女に訊くと、「行ってましたよー」とうれしそうに答える。彼女のほうが私よりいくらか若い。小さかった彼女が両親に連れられて、それより少しお姉さんの私と同じ空間に居合わせたことがあるかもしれないと思うと、感慨深い。夜市はたしか五がつく日で月に三回しか立たないし、時間もそんなに長くない。年齢差を加味して考えても、同じ時間に同じ場所にいた可能性はわりと高い。並んでヨーヨー釣りをしたこともあったかもしれない。だからどうということもないのだが、その可能性を語れるのは結構うれしい。人生で最初の本屋さんの思い出も同じで、その商店街にある「上野書店」だった。私はその名前をごく最近、知ったのだが。

ちばちゃんには子どもが二人いる。今回は小学生のあさひだけを連れてきた。予定が決まったあとで、出席したほうがよい学校行事が展示中にあると知り、あさひはひとりで飛行機に乗って先に帰ることになった。人生初のひとり旅。それで短い滞在になったのだが、「どうしても橙書店のカレーが食べたい」と言って一度だけ店に来て、いっぱしに常連さんと並んでカウンターに座ってカレーを食べた。うちのカレーは子どもでも食べられる辛さの、なんの変哲もない味だ。それでも、「橙書店のカレーはやっぱりおいしいなあ」とうれしそうに食べてくれる。

私も子どもの頃、動物園の中にある食堂のカツカレーが大好きだった。赤い福神漬けと紙ナプキンでぎゅっと包まれた先割れスプーンも一緒に記憶されている。おそらくあれこそなんの変哲もない味で、カツもうすっぺらかったと思うのだが、あれ美味しかったなあと、ときおり思い出す。あの味を求めて、ドライブ途中の食堂なんかでついカツカレーを頼んでしまうことがいまだにあるが、たぶん、あの時代のあの場所でしか味わえない味なのだ。イベントの少ない家庭に育ったので、動物園に行くのはかなりのハレの日だったから。

あさひにとっての「橙書店のカレー」もそんなものかもしれない。ちなみにあさひは空港でカツサンドを買って、飛行機に乗ってひとりで食べるのを楽しみにしていたそうだが、カツサンドが売っていなくてがっかりしたらしい。

展示中に、遠方に住んでいる写真家のいわいあやさんが来店した。彼女は前にちばちゃんのアクセサリーを買ってくれたことがあったので、展示中だと伝えると喜んでくれた。

あやちゃんは熊本地震のあとにもすぐに遊びに来てくれ、店の写真をたくさん撮っていった。それからしばらくして店を引っ越すことになったので、その日撮った写真にはいまはもう見ることのできない光景が写っている。彼女はそれらの写真をノートに貼って、引っ越した翌月に届けてくれた。そこには、店にいるのが日常である私とは異なる視点の写真があった。地震からしばらく経ってちばちゃんが帰省した折にそのノートを見せると、「だめだあ」と言って泣いていた。私が写真を見て想起する記憶と、彼女のそれとは、同じ写真を見ていてもかなり違うだろう。何を思い出して泣いていたのかは彼女にしかわからない。ノートの表紙をめくると「橙書店にて」とまず書いてある。頁をめくり一枚ずつ写真を見れば、見る人それぞれの記憶がよみがえるから、何通りもの物語がそこに浮かび上がる。本と一緒だなと思う。

あなたが見て泣いた写真を撮った人だよとあやちゃんを紹介すると、ちばちゃんは「会えるなんて、うれしい」と喜んだ。実は、あやちゃんはそのノートを借りに来たのだという。写真展の一環としてノートを展示するそうだ。しかも、貸している間の代わりのノートまでつくってきてくれた。新たにつくられたノートを見ると、以前はなかった写真が少し付け加えられている。

久しぶりにみんなでノートの写真を見た。頁をめくっては記憶のかけらを見つけて、ちばちゃんが歓声をあげる。以前の店舗には、木材が薄く釘を打てない壁があった。そこだけ棚をつくることができず、何もないのもさみしいからと、送られてきた郵便物やもらった絵などをどんどん壁に貼っていった。その壁の写真の中に、彼女の息子が「ひさこさんえ」と私宛てに描いてくれた絵や、彼女の息子たちが生まれたときの足形を見つけて懐かしんでいる。私の友人の娘が書店の二階に泊まったときの置き手紙も見つけて、これは誰が書いたの？ と訊いてくる。訊かれた私は、すっかり忘れていた、その手紙にまつわる出来事を思い出す。ちばちゃんは息子たちの足形を見たときに、きっと、息子たちがまだ小さな手や足をもっていた頃を思い出していただろう。

カウンター席の横の壁を這っている配線にも写真や手紙がはさんである。懐かしい人の写真を見つけたお客さんが、手元で見ようと一枚引き抜き、バランスをくずしたそれらがすべて落ちてしまう、ということもときおりあった。そんなことはすっかり忘れていたが、写真を見てふと思い出す。

カウンターの下に付いているコンセントの写真を、私はまじまじと見てしまう。お客さんたちの足が当たって、傷や汚れがたくさんついている。もとは真っ白に塗っていたけれど、見る影もなく汚れている。その部分は木材でできていて、私がペンキを塗った。目立たない場所だから塗るのが下手でも大丈夫、と工務店の村本さんに言われて塗った。この写真を見ておもわず涙腺がゆるんでしまいそうになるのは、おそらく私だけだろう。なぜだかその写真がいちばん記憶をよみがえらせる。その木材は部分的にいまの店舗の本棚の一部になっている。

最後には、前のノートにはなかった、引っ越したあとの店の写真。もう何年も経ったから、すっかり私にもお客さんにも馴染んでいる場所だ。最後の頁には、「二〇二二年九月三〇日　いわいあや」と書いてある。彼女がノートを借りに来た日の日付で、できたてほやほやをもってきたようだ。

久しぶりに会えるから、一度くらい一緒に食事をしようとちばちゃんと約束をしていた。感染者数はまだ減っていないし、彼女のご両親はあまり外出されていないようだったので、外食はしないほうが安心だろうと思い私の家に呼ぶことにした。彼女の実家は私の家からほど近い。

昼間は暑いが夜は外のほうが気持ちいいからと、庭で炭火をおこして、野菜や魚介類を焼いた。家人が近所のお手頃価格のスーパーで食材を買ってきてくれるから安上がりだし、魚介類を食べると猫たちがうるさくて辟易するが、外だと手を出されることがないから楽ちんだ。でも、匂いは家の中にも流れていくから、猫たちは外にいる私たちをうらめしそうに見て、たまにニャーと抗議の声をあげている。

今年の夏は新型コロナの感染者数が爆発的に増えたので、夏らしいことは何もできないまま終わってしまったから、里帰りしている彼女を迎えたこの夜の食事が遅れてきた夏休みのように思える。ほんとうは、ちばちゃんの家族もみんな一緒に火を囲めればもっとよかったのだけれど。でも、たまに家族と離れて過ごすのもお互いにとっていいことかもしれない。

ちばちゃんは食事をしながらしきりに「これってリトリートですよ」と言っていた。

リトリートは最近耳にするようになった言葉だが、日常生活や住み慣れた土地を一時的に離れ、心身ともに休ませる過ごし方のことを言うらしい。昔の言い方で言えば「転地療法」か。よくよく聞くと、仕事でちょっと落ち込む経験もしたらしく、帰省そのものが結果として「リトリート」になったようだった。私たちは特別なことをしている感じはまったくないのだけれど、彼女にとっては非日常だったよう。

サッカー用語でリトリートは、ボールを奪われたあとすぐに自陣に戻り、守備の陣形をととのえることらしい。ときに退却することも大事ってことか、と思いを馳せていると、あるお客さんの言葉を思い出した。店にはじめて来た旅の人がなぜか「ここは避難所ですよ」と言ったのだ。避難所も人によっていろいろだろう。本屋だったり、山の中だったり、海辺だったり、仮想世界だったり。

展示が終わり、賑々しいちばちゃんが帰っていくと秋がきた。というか、秋をすっ飛ばして冬という感じで、朝晩冷え込む。最近は、冬ごもりの準備でヤモリがせっせと捕食している。寒くなれば、猫も雀もふっくらしてくる。冬になると雀は、羽根の中に空気の層をつくって寒さから身を守るそうだ。ふくら雀という。ふっくらとしてたいそうかわいらしいが、食べ物は減るわ、寒いわで当の雀にとってはつらい季節だろう。とはいえ、季節はまだ秋。お向かいさんには金木犀《きんもくせい》があって、オレンジ色の小花が遠目に見てもかわいらしく、甘い香りを放っている。剪定をされているところに出くわしたので、金木犀がいい香りですねと声をかけると、「うちの……は金木犀の匂いが好かんかったもんねえ……」と、誰のことを言っているのか聞きとれなかったが、思い出すようにおっしゃった。何気ない会話からも、ふと感じる香りからも、記憶は呼び覚まされる。

　立ち話をしているとお隣さんも出てきて井戸端会議の体をなしてきたのだが、私は仕事に行かなければならず、ギャラリーの見守る中、「いってきまーす」と言いながらさっそうと車を出したら、ハンドルを早く切りすぎて車の底をこすってしまった。車の窓を開けて余裕で挨拶などしていたのに、派手な音をたてたので恥ずかしい。だいじょうぶ、たいしたことはなか、などと声をかけられ、みなさんの笑い顔に見送られる。金木犀の香りを嗅いだときに思い出す記憶が、私にもまたひとつ増えた。

年をとって猫と暮らすということ

吉本由美

猫が好きでその好きな相手と暮らしているのに何故か愚痴ってしまう、ということについてお話ししたい。瑣末な話ですみません、と、猫のエピソードを書いていると申しわけない気持ちになってペンが滞るのが常なのだけれど、再び性懲りなく皆さんに現在の私の猫との暮らしを聞いてほしくて書いている。猫自慢ではない。自慢するほどの猫ではないし暮らしでもない。どちらかというと愚痴になる。だからこういう公の場に書くのが申しわけなくなる。ゆえにこれまで自分の猫の話はあまり書かないようにしてきた。単行本は二十七年前に出した『だから猫はやめられない』（ベストセラーズ）一冊のみだ。あとは大橋歩さんの雑誌『アルネ』やマガジンハウスの『クウネル』にチラッと書いた程度だから、幾歳月たくさんの猫と暮らしてきた者にしては猫について書いた回数は少ない方だろう。『クウネル』の記事に手を加えたものを昨年出した拙著『イン・マイ・ライフ』に登場させたのは、自分の人生、猫の存在なしでは成り立たないと思ったからだった。

　しかし本日は七十四歳の毎日が猫たちのことでとんでもなく忙しいということを知っていただこうと思う。老後はゆっくり、と考えていたのに、毎日あたふた、手が足がたりない。年をとりやることもなくヒマでどうしようもないのも困るが、回復力の衰えた昨今、忙し過ぎて疲労が蓄積していくのもつらい。仕事は現役時代の三分の一もやっていないから多忙の理由は仕事ではなく、その多くは猫さま方のお世話が作り出しているわけなのだが。

　チラッと書くとこんな具合だ。私は毎朝、外猫たちの住居となっているテラスと車庫に防雨防寒対策で張り巡らせているビニールを、剝がしたり張り付けたり、上げたり下げたりしている。これがなかなか大変な作業で時間も体力も消耗する。雨が降りそうなら下ろし、晴れそうなら上げて風を通したら、次に掃除。それら清掃作業が終わったらば、テラスに三匹、車庫に一匹、家の中に二匹いる猫たちそれぞれにブラッシングと耳掃除を施したのち食事を与える。それまでの所要時間は二時間ほどである。ただしそれは何事もなかったとき、という前提付き。台風及び大寒波への備えや後始末、テラスや車庫に鳥の惨殺死体が放置されるなどの突発事態が起これればさらに時間は膨らんで、午前中いっぱいかかることもある。ただでさえ忙しい午前の時間をそういう猫仕事に汗をかいて、正午を回る頃の私はヨレヨレのおばあさんと化し台所の椅子に身を委ねる。すっかり腰痛持ちになったのはこの毎日のブラッシングが原因だ。一匹につきほぼ五分間しゃがみ込んでのブラッシングだから六匹で三十分は簡単に超えるのである。ブラッシングは汚れ落としだけでなく血行を良くするし絶好の愛情交換の場でもあるから、特に外猫たちには欠かせないのだが、そのせいで腰が痛くて近頃では庭の草毟りもできなくなった。それが年をとるということなのだろうが、難儀なことが一つ一つ積み重なっていく。

以上のような生活を送ろうとは住み慣れた東京から熊本の実家に帰ってきた当初は思いもしなかった。私は二〇一一年、六十二歳のとき、九歳になる三毛猫コミケを連れて故郷へ戻ってきた。そのときは自分もそろそろお年だし、生きている間に看取りができるのはこのコだけだ、猫はこのコで終わりにしようと思っていた。

その頃両親はまだ存命だったが施設入所で家に戻ることはなかった。誰もいない実家で暮らす中、両親の死後、コミケの死後は家を売り、そのお金で街中にマンションの小さな部屋でも買うなり借りるなりしてつましく快適な老後を送ろう、と考えていた。私の家は街中からそう遠くはないけれど店やら何やらのあまりない住宅地にある。買い物には自転車で十分ほど行かねばならない。公共交通はバスのみで本数が少ない上に時刻があやふや、お出かけ欲も薄らいでしまう。六十代のそのときでさえ出かける意欲が削がれているのに、七十代、八十代でこんな環境にいたらどんなにか寂しいことだろう、お籠り老人になるんじゃないか、と不安になって、「老後は街中に暮らす」をモットーとしていたのだ。街中なら気軽に歩いて、デパート、映画館、美術館、カフェ、レストラン、病院などへ行けるのだし、老人こそ街中住まいが大切なのだと夢に描いて。

その胸算用に危機が迫ったのは熊本に帰って一年が過ぎた頃だった。家に仔猫が二匹来たのだ。オスの雉猫《きじねこ》とメスの灰色白ソックスの兄妹だった。

新聞で動物愛護センターの猫の里親募集記事を読み、その切迫度に胸がざわつき、「猫はコミケが最後」という決意が崩れた。やはり猫好きな久子さんに頼んで郊外のセンターまで車に乗せて行ってもらった。センター内にはたくさんのケージが積み重なり、収容された猫たちが訪れる人間をじっと見ていた。この中からたった一匹選ぶことは私にはできない。「メスならどんなコでもかまいませんから」とつらい行為は係の人に委ねた。その人が私の掌に乗せたのは小さな小さな雉猫でミュウミュウ啼いた。すると係の人は「あ、それはオスだ。メスはこっちでした」ともう一匹を掌に乗せた。同じ大きさの灰色仔猫がやはりミュウミュウ啼いて先のコと乗っている。兄妹という。箱に入れられて駐車場脇に捨てられていたという。一匹と決めていたけれど掌に乗った二匹のどちらかを置いていくことはできなかった。それで二匹とも連れ帰った。

どちらが先に生まれたのかは知らないがオスを兄にメスを妹に決めて「ムータン」「すみれ」と名を付けた。二匹とも元気いっぱいで家中を走り回った。気難しい老嬢コミケとは彼女が亡くなるまで仲良くはなれなかったが、冬はストーブの前に三匹並び暖を取っていた。

この三匹だけのときは、あと十年くらいでコミケが亡くなり兄妹も十歳の老猫になり、だったらマンションでも飼えるかもしれないと、まだ「老後は街中に暮らす」夢は消えていなかった。それが完璧に吹き飛んだのはムータン・すみれがやって来て一年後の夏のことだ。

家の周りでときどき微かにミイミイと仔猫の鳴き声がする。嫌な予感に耳を塞いで二日ほど過ごした。聴いちゃいけない、見ちゃいけない、ウチはもう満杯だからどこかに行ってくれと祈っていたが、三日目テラスに仔猫登場。最初は一匹、次に二匹、頭をゆらゆらさせて部屋の中をじっと覗く。うわ〜、である。困った〜、である。それでも無視した。大変な努力が要った。

翌朝恐る恐るカーテンを引くと、うわ〜！ いるいる、なんと仔猫が五匹もいる！ ビックリである。ちっこいのがわらわらと部屋の中を覗きに来る。驚き、困惑、そして笑い。こんな光景に背を向けられる猫好きなどいるわけがない。思わずミルク（そのときは猫用がなく人間用の牛乳だったが）を注いだ大皿をテラスに置いた。生後二ヶ月ほどのチビらは駆け寄ってピチュピチュ飲む。するとそこにひっそりと、こちらとは目を合わせないようにして母猫が現れ、皿に口をつけた。絶対にこっちを見ないようにして仔猫たちが残したミルクを飲んでいる。飲み終わるとやはり目が合わないよう細心の注意を払いつつ、仔猫たちを引き連れテラスから降り庭に出た。部屋の中から見ていると、一家はテラスの床下に潜り込んだようだった。床下で三日ほど過ごしていたのだろうか。こんな大家族でいったいどこからやって来たのか。そしてこれからどうする気なのか。わからないことばかりだったが、まるで歌舞伎の花道をゆく花魁《おいらん》のような現れ方をした母猫への賛美に代えて、好きなだけお使いあれと床下を提供することにした。

それがマミ一家である。母猫はマーマレード色だからマミ、お母さんだからマミ、と名付けた。子供たちはオスが二匹、メスが三匹。オスのマガリちゃん、テンちゃんは一年ほどここで過ごして独立した。メスの一匹ピナは友だちが貰ってくれた。残りのクロロとミケコ、そして母親マミの三匹は今もテラスで元気に暮らす。

ノラ猫の平均寿命は四、五年と聞く。マミたちはノラではないが外で暮らしているから家猫より寿命は短いだろう。といっても、年齢不詳のマミは別としてクロロとミケコは十年以上生きるはずだ。二匹はとことん外猫だからマンションの室内で飼うことは難しく、彼らの住まいであるテラスはこのまま維持しなければならない。すると私は十年経ってもここから動くことはできぬ。無理やり連れて行ったとしてもムータン・すみれもいるわけだし、そもそもそんな何匹もマンションの一室で飼うこと自体が不可能だ。とてもとてもできない相談だ、と、考えたとき「老後は街中」計画は夢と消えた。

その後も思いがけないことは重なっていった。二〇一六年四月の熊本大地震の半月くらいあと、片付けのため玄関脇の車庫に入ると棚から落ちた段ボール箱の中にぐったりした黒猫がいた。驚いてよく見ると目から血のようなものが流れている。近づいても触っても怒らないのでよほど参っていたらしい。どこかで地震に遭遇し傷を負ったのだろうか。目の周りを拭き食事を与えた。すると、猫が嬉しいときに出すゴロゴロ音がものすごい音量で車庫内に響いた。今はぐったりしているが顔が大きく手も太いのでもともとはドラ猫なのかもしれない。その日をきっかけに黒猫は住み着いた。というか出て行かなかった。仕方ないのでクモスケと呼んでお世話することにした。

黒猫好きなので以後は過ぎるほど可愛がっているが、やはり乱暴者のようで触るとすぐに手を出し引っ掻く。さらに困るのは裏のテラスに住むマミ一家を襲うことだ。ときどき通いで食事に来る大きなオス猫（トモと呼んでいる）にはヘイコラしているのに、裏のテラスは女子だけとばかりにやりたい放題騒いでいる。ミケコが庭に逃げるとガゼルを狙うチーターの勢いで追いかける。果敢に応戦するマミとは取っ組み合いになる。その度私は庭箒《にわぼうき》を振り回しヤツを撃退しなければならない。それが日に何度もあるから老女が疲れることいかばかりか。

と、愚痴りながらもこの連中がいない生活は最早考えることができないのだから悩ましい。短い距離だがクモスケと並んで散歩する時間は幸せの極致だ。外で私を見つけると道の向こうから啼きながら近づいて来てくれるのも心がほかほか温まる。徹底したノラ魂で近づくこともできなかったマミやミケコが少しずつだが呼べば来て、触らせてくれ、今やブラッシングをねだるようになったのも、嬉しくてたまらない。料理を作っている背後に「かーたんは何してるのか」とじっと見ているムータン・すみれの視線を感じるのはいつも楽しい。

この連中のためにあと十数年は元気で仕事もしなくてはならないのだから、思えば彼らは私の生きるためのエンジンでもある。街中での快適な暮らしは諦めたけれど、彼らが死ぬまでこの家に住み続けられるようにとリバースモーゲージの契約をした。これで猫だけでなく私も安心して死に向かえる。

と思っていた今年七月の真夜中、クモスケの暮らす車庫に小さな三毛猫がミャアミャア喚《わめ》きながら飛び込んで来た。母猫とはぐれたか捨てられたか、わからないが朝になっても出て行かない。まだ生後二ヶ月ほどである。困ったなと思ったが、意外なことにクモスケは最初威嚇しただけであとはほったらかしている。私は「今だけよ、すぐに出て行ってよ」と言いながら仔猫用のミルクや缶詰を買いに行き、ほらほらほらと与えた。

灰色と肌色で桃色に見える三毛の仔猫はクモスケにすぐになついて、飛び付いたり飛び乗ったりくっ付いて寝たりしている。あの凶暴でヤクザな猫がなんとチビには顔面総くずれで付き合っている。それでクモスケは寂しかったのかと私は察した。テラスの皆から避けられ疎ましがられ寂しくて、だから暴力に走っていたのか。だったらこのチビを仲間にして、そのヤケクソな暴力をやめさせよう、と私は思った。それで「モモ」と名付けて飼うことに決めたその矢先、飛び込んで来て十一日目となる朝、突然姿を消した。探したがわからない。車に轢かれたかどこかで身動き取れない羽目に陥っているのか、考えると胸が苦しい。久子さんは「誰かに拾われ保護されてるかもしれませんよ」と言ってくれるが、そんなに世の中優しいだろうか。

これから、と覚悟を決めたすぐあとのことで心にポカンと穴が空いたが、それよりもクモスケの方が心配だった。当然ながら落胆は私よりも大きいようで、それからの数日はマミたちを襲うこともなく、テラスに来てもしょんぼりとうなだれているだけだった。

変わる視点、そこから見えるもの

田尻久子

ここ最近は異国に出勤している。小人国のリリパット、巨人国のブロブディングナグ、空飛ぶ島のラプータ……ガリバーが旅した国々に。

翻訳家・柴田元幸さんの新訳で、『ガリバー旅行記』が朝日新聞夕刊に二年近く連載され、のちに書籍化された。新聞の切り抜きを持ってきてくださるお客さまがいたので手元にそろっている。連載時は、画家・平松麻さんの想像力あふれる絵が物語を彩っており、柴田さんの新訳もさることながら、絵もとても楽しみにしていた。その挿画七十七点に描き下ろし・加筆作品を加えた画集『TRAVELOGUE G』（スイッチ・パブリッシング）も追って刊行され、その原画の一部を橙書店併設のギャラリーで展示している（二〇二二年一二月二五日をもって終了）。当店を皮切りにいろんな場所で展示される予定で、原画も旅をするらしい。場所ごとにテーマを変えるそうで、橙書店では「思考」をテーマに展示が組み立てられた。

『ガリバー旅行記』の本質は、ジョナサン・スウィフトの『怒り』です。読者はその三百年前の怒りにいかに積極的に感染できるか、そしてそれを自分ごととして受け継げるか、が面白みの古典小説なので、お客さまに投げかける展示にしたい」と麻さんはおっしゃった。

「異国に出勤している」なんて大げさな物言いだと笑われそうだが、見に来るお客さんも異空間に紛れ込んだよう、などとおっしゃる。あるお客さんは「最初は絵を一枚一枚つぶさに見ていたのですが、一周してふと気配を感じました」と言っていた。異国には住人もいるらしい。

出勤するとまず展示室の物置にコートやなんかを置きに行くのだが、部屋に入ろうとした瞬間、正面の壁に立てかけた鏡に貼ってあるヤフーの絵が目に入る。ヤフーは、フウイヌムと呼ばれる馬たちが暮らす理想郷（『ガリバー旅行記』の舞台のひとつ）で、邪悪とされている生き物。絵の横には言葉も展示されている。

「ヤフーは自然が生み出したもっとも不潔な、悪臭芬々《ふんぷん》たる、醜い動物であり、同様にもっとも反抗的で、不服従で、悪意ある、根性の曲がった生き物である」

鏡の中にはもちろん自分の姿も映っているが、顔の部分はちょうど絵で隠れている。物置に入るためさらに鏡に近づくと、自分の顔が絵からはみ出して現れ、私もヤフーのひとりかと思う。

裏にコートをしまい、部屋をひとめぐりする。床すれすれのところには、巨人の国へ行って小人になったガリバーがいる。ということは、私は巨人だ。視点が変わると対象物は変化する。猿が子猿を抱きかかえている絵と、ガリバーが猿に抱えられている絵が上下に並んでいる。これも視点の違いで、猿から見ればガリバーは子猿にしか見えないということ。部屋を出る直前、いちばん好きな海の絵に吸い込まれそうになるが、ぼやっとしていないで仕事だ、と書店側に戻る。

ほんとうは水源に行ってお水がぽこぽこするところを見たかった、とコーヒーを飲みながら麻さんがふともらした。設営後もしばらく熊本に滞在していたのだが、仕事を抱えていたのであまり外出できずにいた。お茶を飲みに来ていた常連の坂口恭平くんがそれを聞いて、「近くにあるよ。連れて行こうか?」と言う。県外からいらっしゃる人は「水源」といえば阿蘇を思い浮かべるようだが、遠くまで行かずとも近くにもある。恭平のお気に入りの場所である江津湖も水が湧いており、店からだと車で十五分程度しかかからない。恭平が毎日のように描いているパステル画にも江津湖の絵は多い。二〇二三年に熊本市現代美術館のメインフロアをすべて使って行われる展覧会「坂口恭平日記」は、これまで描いてきたパステル画を集めて展示する予定なので、江津湖の絵も展示されるはずだ。

恭平は約束通り翌日、麻さんを江津湖に案内してくれた。彼女も江津湖をすっかり気に入ったようで、芭蕉の苞葉《ほうよう》（その部分を苞と呼ぶことをはじめて知った）を何枚か抱えて満足げに帰ってきた。その窪みに湧き水を入れてたくさん飲んだらしい。熊本の水で満たされた身体で、うれしそうに笑っていた。

展示室の入り口付近に置かれた言葉の上に、紅葉した葉っぱが載せてある。麻さんがホテルから店に来る途中に拾ったものだ。最初は一枚だったが、帰るまでには二枚に増えていた。店の前のモミジバフウの葉っぱも紅葉しているが、もうずいぶん散っている。たまに拾ってくるお客さんもいて、本の上に置き忘れてあったりする。人は葉っぱやなんかをつい拾ってしまうものだ。

夏の間は足が遠のいていたが、絵の横に置かれた葉っぱを見て、うかうかしていると紅葉した葉っぱが全部落ちちゃうとあせり、秋の立田山に行ってきた。しだれ桜の木立の前につつじがぽつんと一本だけ真っ赤に紅葉していて、そこだけ別世界のよう。葉っぱが落ちたしだれ桜は、樹形がくっきりとして動き出しそうに見える。足もとは落ち葉でふかふかしていた。ふかふかの間には散った山茶花の花びら。ある程度人間が歩きやすいよう整備されている山だ。行けばいつでも気持ちがよくてあまり来ていないことを後悔するのに、ものぐさだからめったに行かない。ヤフーもどきの人間はむしろ現れないほうがいいと、山の方々《かたがた》には思われているかもしれないが。

久しぶりに山に行ったらはずみがついて、水がぽこぽこするところも見たくなった。江津湖まで行こうかとも思ったが、仕事もたまっているので買物ついでに家から車で五分ほどの八景水谷水源に行くことにする。水脈はきっと土の中でつながっているのでどこも同じだ。

駐車場は二カ所あるのだが、手前が空いていても奥の駐車場のほうに停めてしまう。小さい頃に祖父に連れて行かれた、当時水浴びをしていた場所をつい目指すからだ。私の原風景というのはここの水でできているのではなかろうか。子どもの頃に水がたっぷりあったいちばん奥の水場はすでに干上がっていて、少しよどんだ臭いがする。子どもの背丈で肩ほどまで水があった場所だ。八景水谷水源は熊本市の上水道発祥の地だから、人間にどんどん使われて水資源が減ってしまった。見るたびに悲しくなるのだが、その手前はまだ水が湧いており、相変わらず澄んでいて少しだけ安堵する。

祖父が一緒に遊ぶことはなく、木の根元に座って静かに見守るだけだった。かなり大きな木だったと記憶している。太い木の根が地面にいくつも張り出していた。その木がいまもあると思っていたがいつのまにかなくなっていた。寿命をまっとうしたのか、台風で倒れたのか、古くなって伐られたのか。かわりに少しずれた場所にまだあまり大きくない木があって、その前にベンチがふたつ置いてあったが誰も座っていない。座って祖父の視線を確かめてみようかとも思ったが、お尻が冷たそうだからやめた。祖父はたいてい張り出した木の根に腰掛けていた。水から上がると私もそこに座った。根っこの椅子は気持ちがよかったのに、もうない。でも、いまある木と昔あった大きな木は、もしかすると何かつながりがあるのかもしれない。

晴れてはいるが、昼間になってもたいして気温の上がらない日だったので歩いている人は少ない。しかも人気《ひとけ》のないところばかり歩いていたので、すれ違ったのはおじさん一人だけ。人間よりカルガモのほうが圧倒的多数。カルガモはなんでくちばしの先だけ黄色いのだろう。かなりの数のカルガモが目の端をよぎるが、近づこうとするとさりげなくすーっと遠ざかり人間と一定の距離をたもつ。餌でも投げ込めば近づいてくれるのだろうが、何も持っていない私に用はなく、水の中の食べ物に夢中な様子。ときおりばしゃばしゃと結構はげしい水音がする。こういうとき、野鳥を撮りに来る人はでっかい望遠レンズで激写するのだろう。鷺《さぎ》は遠くにいても相変わらず存在感がある。カメラを構えている人たちにはカワセミが人気らしいが、私はまだ遭遇できずにいる。水辺の上にはたいてい木が生い茂っているので、葉に隠れて容易には見つからない。カワセミは獲物を捕まえたあと樹上に戻って枝などに打ち付けて締めてから飲み込むらしい。その場面を見てみたいが、私の鈍い動体視力じゃ無理かもしれない。そういえば、いつだったか江津湖を散歩していたら、通りすがりのおじさんに「あそこにカワセミのおってですよ」と声をかけられた。自分だけで楽しむのはもったいないと思われたのだろう。おじさんの指さすほうを探すのだがなかなか見つけられず、何度もどこですかと聞いてしまった。

八景水谷にも芭蕉が生えている。江津湖とは違って水辺の中央に並んでいて存在感を放っている。芭蕉は背が高く、一見木に見えるが草で、冬になると地上部は立ち枯れる。まだ少し緑の部分も残っていた。水面から芭蕉に近づいたり人間の様子を見てみたりしたい、とふと思う。『ガリバー旅行記』の影響だろうか。

水がぽこぽこするのを見ていたら、大人になってからはただの一度だってじいちゃんと八景水谷に来たことがなかったな、と唐突に気がついた。なぜかいままでそのことに思い至らなかった。八景水谷どころか、どこにも行かなかったように思う。祖父が先に死に、残った祖母を姉が買物に連れて行ったり、小旅行に連れて行ったりするのに付き合ったことはあるが、祖父とのそういった思い出はない。中学生の頃に祖父母の家にきょうだいで移り住み、親代わりのように面倒を見てもらったというのに孝行のひとつもしなかったのだな、といまさら気付く。

お隣にはお孫さんたちがよく訪れる。連れだって出かけることもあるようだ。それをときおり見かけるから気付いたのかもしれない。自分の不精を棚にあげて、もう少し長生きしてくれればそんな機会もあったろうかと思ったりする。

それから数日後、初雪が降った。子どもの頃は雪が降ろうが大みそかは大掃除をさせられたことを思い出す。子どもは窓ふき担当だった。わざわざ寒いときにすることないのにと思っていたが、祖父母の世代にとっては、はずすことのできない行事だったのだろう。きっと、きりりとして正月を迎えなければならなかったのだ。

家の冬支度はすっかり済んでいる。いまの家に引っ越してはじめての冬は寒くてけっこう辛かったので、いろいろと対策を練った。窓にプチプチを貼ったし、ホットカーペットの下にアルミシートも敷いて、ベッドの横には間仕切りのカーテンもかけた。寝るときは湯たんぽを布団の中に仕込む。湯たんぽはすばらしい。電気も灯油も必要なくて、朝が来てもまだぬくもりが残っている。猫が足元で丸まっているみたいにぬくい。「ぬくい」は熊本弁かと思ったら、他の地域でも使うようだ。熊本弁を強調するならば「ぬっか」。白黒猫のフジタが腎臓病になり具合が悪いので、猫用湯たんぽも用意している。猫は老いるとたいてい腎臓病になるのだが、フジタはちょっと早すぎた。おそらく食べ過ぎで、腎臓に負担がかかったようだ。動物病院の先生に「美味しいもの食べ過ぎたねー」と言われた。丸々とボールのように太った八キロ超えの猫だったのに、食欲が落ちてしぼんだ風船みたいになってしまった。藤田嗣治《つぐはる》の前髪みたいな柄が入ったおかっぱ頭の猫、フジタ。あとどのくらい一緒に暮らせるのかわからないが、まずは冬を越せますようにと願っている。食欲がないといっても、人間の食べ物は相変わらず虎視眈々と狙っているから、まだ大丈夫かも。

いつも阿蘇へ行っていた

吉本由美

先の一二月、枯れるまでほったらかしていた雑草を完膚なきまでに抜いたら（剝がしたと言う方が当たっているが）、去年までこの庭では見たことのなかった草たちが顔を出し始めた。名前がわからなかったのでグーグルレンズで調べた。去年はヒメオドリコソウが群れていたサルスベリの木の下に群生しているのはツタバイヌノフグリ、ジューンベリーの根元に広がっているのはチゴフウロ、イチジクの木の下でぷっくり膨らんでいるのはヒメフウロ、猫のお便所そばで繁殖しているのはカキドオシ、と判明。判りはしても不思議である。種が風に乗って飛んできたか鳥に運ばれたかして根を付けたと思うが、突然どこから？　と首を捻《ひね》る。ここらへんに雑草の茂る場所などないし、庭はあるにしても野趣あふれる庭というのは我が家くらいで、皆よく手入れされ雑草など生えようもない小綺麗な庭ばかりだから。さらに不思議なのは、隠れたトゲトゲで人の手や猫の足をいじめていたメリケントキンソウがそれらの新顔に駆逐されたかのように姿を消し、春ともなれば陣地拡幅止むことなしだったカタバミ、オオバコ、ハコベ、ナズナ、タンポポ、そしてチチコグサとハルジオンのロゼット（越冬のため平らに広がった状態）も、消えたか縮小してしまった。まるで新旧交代の人事異動であるかのようで、不思議でならない。

枯れ草を抜いて地面が柔らかくなると猫のお便所がやたらと広がる。あっちこっちを掘り返し、超いい気分で用を足している。すると掘り返された土を目がけて鳥たちが虫を食べに来るようになる。三十羽ほどの雀の集団は猫が用を足し終えるまで隣の屋根に並んで見ていて、終わるや否やザーッと舞い降り地面を突《つつ》き回る。それを名ハンターのミケコが隠れて狙っている。たまにその犠牲となってテラスに運ばれてくる雀もいる。メジロもヒヨドリも運ばれてきた。危険に敏感な彼らでさえ捕らえられるのだから自分のことしか考えられずにいい気になってチキチキしているジョウビタキやハクセキレイはさらに危険だ。彼らがいるときは、私が外に出てミケコを見張る。

こんな日々を続けているとやることのみならず思考も身の回りのささやかなことばかりで、どこかしら世の中の動きから取り残されているような、ズレてしまっているような気がしてくる。久子さんのようにたくさん本を読むわけでもないので頭に新しい風が吹くこともなく、テレビの中で賢げなドコソコ大学教授の男やナントカ研究所の女が喋っている内容が、近頃はとんと理解できなくなってしまった。つまり思考停止の状態だ。これではいかん、と思うけれど、では、どうすればいいのかとなるとさっぱり答えが出てこない。車があったらいろんなところに気楽に出かけられ少しは頭の中が刷新できそうな気もするが、車のいらない東京暮らしに免許も取らずに生きてきて七十幾つとなった今取る気にはならない。たとえ取ったにしてもすぐに返納となるだろうし。

熊本では、というか大都会以外の地方はどこでも同じと思うが、車のあるなしで生活の質がかなり変わる。自由が手に入らない不便さがある。雨の日、雪の日、強風の日、なんぞは気楽に買い物にも行けない。頻繁にやってくる大都会とは違って地方の公共交通は本数が限られ待ち時間が長く、どこかに行きたくてもバスや電車では面倒この上なしとなる。年を取ったら尚更だ。年を取ったらタクシー利用が一番だと人（特に私の義姉）は言うが、年がら年中タクシー利用というのも気が進まない。

こういうことを考えていて、そうか、自分はドライブをしたいのだったか、と思い至った。何か行き詰まった気分になるのは、このところ百坪宇宙の外の世界を眺めていないからだと。ドライブなんて、確か四年前、大分県日田市の映画館「日田リベルテ」の館長・原茂樹くんに霧島にある美術館「霧島アートの森」へ連れて行ってもらって以来なんじゃないか。いや、そういえば一年前、お好み焼きをお呼ばれに写真家・野中元さんと料理家・かるべけいこさんの阿蘇のお宅に伺ったのだった。『九州の食卓』で私の編集担当者を務めていた三星舞さんのミニクーパーで連れて行ってもらったのだ。帰りに阿蘇をぐるぐると走ってくれた。そうだ、そうだ、熊本地震で崩落し五年も不通となっていて、ついその数ヶ月前開通したという新阿蘇大橋を渡ったではないか、とスマホのアルバムを探したら、新阿蘇大橋の景観のカットがあった。

阿蘇へのドライブといえば父とよく行った。熊本に帰ると阿蘇に行きたくなる……熊本人は皆そうらしく、私も父が元気なときはそれが当然と思っていた。父も根っからのドライブ好きなので私が言い出さなくても帰郷したら既に行くことは決まっていた。絶景の大観峰《だいかんぼう》へ、阿蘇山上へ、ススキが原へ、コスモス畑へ。その年々で行き先は変わった。北外輪山から阿蘇の千枚田と言われる阿蘇谷を遠望したり、草原に寝転んだり、湧水を見に行ったり、九重《くじゅう》連山を眺めたり、と魅惑的な行き先は限りなくあった。

中でも産山村《うぶやまむら》へ行く途中のススキの群生する光景はこの世のものとは思えなかった。それは或る日の夕方だった。辺り一面夕陽がススキを染めて金色に輝かせていた。その輝きは神々しくて目が潰れそうだった。道と空との境界が曖昧になり、このまま天空へ登っていくようだった。少し前に読んだ石牟礼道子の短編「ゆり籠」に出てくる道はこのことではないかと思うほどに幻想的な瞬間だった。ススキの草原については山頭火もあの有名な「分け入っても分け入っても青い山」のほかに「すすきのひかりさえぎるものなし」と詠んでいる。その句が好きで覚えていたので助手席でそう叫ぶと、運転中の父が驚いてこちらを向いた。そのねずみ男のような顔も忘れられない。面白くて大笑いした。たぶん私の生涯の中で最も素敵なドライブだった。

そういう父も年と共に運転がおぼつかなくなり、八十代半ば過ぎで免許を返納した。そのきっかけとなったのは二年ぶりに帰ってきた私を熊本空港まで迎えに来てくれたときのことだ。駐車場へ行っても車を停めた場所がわからないのだ。イライラする私に「あった！」と言って差し示す父の指先を目で追うと、ボンネットにトイレ掃除のスポイド式ラバーカップがくっ付いている車があった。うちの車だ。当然ながら「どうしたの⁉」と訊く。父は苦笑いするように「停めたところがすぐわかるよう、目印たい」と答える。目印に、と言ってもコレはないでしょ、と思ったがとにかく乗って家に向かった。

するといつもとは異なる道を走る。心配になって「違うんじゃない？」と問えば「新しく開発したルート」と言う。けれどどんどん見知らぬ区域に入り、とうとう「迷ってしもた」と白状した。なんとか元に戻りいつもの道を進んだが、パニックになっていたらしく今度は車庫入れができない。十回ほどやり直したか、外は暗くなり、「天ぷらを揚げていたのに冷めてしまった」と母は文句を言い、イライラ続きの私は「ボケたんじゃないの?」と酷い言葉を投げつけてさらに父を落ち込ませてしまった。

それが響いたのか翌日のドライブは大変なことになる。阿蘇を縦断して湯布院で遊ぼうという計画だったらしく、朝早く出発した。熊本市内の住宅地から湯布院までどのくらいの時間を要したのか、もう覚えていないが、年寄りの日帰りドライブとしてはかなり危ない計画だったと思う。何度も確かめたが「大丈夫ですよ! うるさかね」と怒り始めるので従うしかなかった。湯布院でもあちこちへ案内してくれ、美味しいものを食べ、ひと風呂浴びてくつろいでいると外はもう暗い。ついさっきまで明るかったのに秋の日は釣瓶《つるべ》落としだ。慌てて帰路に着くことになった。

父も焦っているらしくいつも以上にスピードを出している。やまなみハイウェイをぶっ飛ばし、長く続くミルクロードに出ると真っ暗(そりゃそうだ、そこは牛の放牧地でもある)だったがスピードは緩めないのである。車のヘッドライトしか明かりがないので怖くなり「お父さん、ゆっくりね」「スピード出し過ぎ」「カーブには気をつけて」と助手席で注意していたが、「うん、うん」「わかった、わかった」と答えるだけで一向にスピードを落とさない。ついに、とうとう、車は上手に曲がりきれずに左へグイ〜ンとスピンしたかと思うとすごい音を立てガードレールにぶつかった。一瞬目の前が真っ暗になる。気づいて周りを見れば私の座っている助手席のドアの先は断崖絶壁であるらしく、暗くて何も見えない。父はハンドルを持ったままガタガタ震え呆然と前を見ている。「怪我してない？」と訊くと「大丈夫」という返事が聞こえた。後ろの席で母も震えていた。大丈夫かと訊くと蚊の鳴くような声で大丈夫と答え「事故ね？」と言う。そうだ、と答えて父を外へ出し、私も降りて車を見た。左側の前面がガードレールにぶつかりひしゃげていた。ライトも割れてもう使い物にならない。近くに緊急電話があるとは思えないし、どうしたらいいのか途方に暮れた。とにかく真っ暗なのである。それが不安を増長させる。時計を見ると夜の八時近くだった。二十五年も前の話だ。今のような携帯電話もなく、どこにも連絡できなかった。

霧が出てきたので父を車の中に入れ、道路に出てどこぞの車が通らないかと目を光らせた。五分、十分、十五分過ぎ、さらに霧が濃くなり体も深々と冷えてきた。二十分、二十五分、三十分、経つと左手の遠くの方にぼんやりとライトが見えて、それが少しずつ近づいてくる。霧の中のその光景は映画「シャイニング」を思い起こさせ恐ろしかったが、一縷《いちる》の助かる望みと思えば何のこれしきと道の真ん中に飛び出して、両足踏ん張りマフラーをぐるぐる回した。ライトがすぐ目の前に来て車は止まった。ジープだった。中から降りてきた人はスーツ姿の中年男性で逞しそうな体格をしていた。落ち着いて事故の状況を聞き取るとジープのドアを開けて中からショルダーフォンを取り出し、父と母の体調を訊ねた。まず救急車に連絡を、と思ったのだろう。ショルダーフォンは初期の携帯電話で「自動車電話」とも呼ばれ通常運転席の横に置き、肩に掛けて持ち運びもする。ロケバスに設置されていたのでの使ってみたことがあるが中型の猫ほどの重さで持ち歩くのは不便だった。男性は救急車には連絡せず、警察、ロードサービス、タクシー会社に電話を入れてテキパキと事故内容を伝えてくれた。父と母を落ち着かせ、警察が来たら事故の説明を代わってしてくれ、タクシーが来たら私ら親子を乗せて熊本の住所を告げ送り出してくれた。

警察が来るまで名刺を交換し少し話したところによると、その人は阿蘇小国町《おぐにまち》の建設会社の社長さん。熊本市内であった打ち合わせの帰りで家に向かう途中とのこと。「仕事でショルダーフォンを使いますがそれが役立って本当に良かった」とおっしゃった。何から何まですみませんと頭を下げると、「いやあ、困ったときの助け合いですよ、気にせんでよかですけんね」と続けられた。ショックと疲労と寒さとで凍りついている両親はタクシーの中でも黙り込み、無言のまま家に着いた。数日後、免許を返納に行くという父に付き添って警察へ行った。大好きなドライブができなくなった父は気力体力共に急激に衰えて、認知症を患う老人となっていった。

警察が来るまで少し話していたとき「東京でバーテンダーの修業をしてます」と自己紹介すると「僕もウイスキーが好きです。いいですねえ、バーでお仕事されているなんて」と口にした男性に、勤めていたバーにあるものの中で格別美味しいというウイスキーをマスターに選んでもらい謝意として送った。後日「驚きました」というお礼の返事が来て、ウイスキーがいかに美味しかったか綴られたあと「以後はすべてお忘れいただきますよう」と書き添えてあった。

拾われ猫フジタが生きた十四年

田尻久子

沈丁花《じんちょうげ》がつぼみをつけている。前の家のベランダで生き残り、引っ越したときに連れてきたのだが、地植えをしたらしっかりと根付いた。椿の花も一輪だけ開いていて、昨年より少し早い気がする。そういえば今年は正月早々にメジロを見たから、ふくらみつつあるつぼみを偵察しに来ていたのだろう。人間以外の生き物や植物は自然界にあわせて行動しているのに、人間はつい暦を気にしてしまうからいちいち早いだの遅いだのと言ってしまう。まだ群れでは来ないが、ここのところメジロを頻繁に見かけるようになった。春が近づいてきた。

　七年ぶりと言われた寒波が到来した当初は寒さに震えたが、対策が功を奏したのか、今冬はわりと過ごしやすかった。それでも寒がりの猫たちは、点いていないときでもストーブの前に集合する。早く点けろという抗議行動だ。この冬は、慢性腎臓病になってしまった猫のフジタがなるべく辛くないようにと、湯たんぽを入れたりして猫の寝床をできるだけ暖かく保った。私は冬が好きなのだが、今年はメジロ同様、春を待ちわびている。

しかし、フジタは病気だろうがいつ何時《なんどき》でもフジタだ。私が知っている猫の中でいちばんの食いしん坊。腎臓病になってからは、どんな猫用フードを買ってきても一口二口食べてはぷいっといなくなってしまうほど食欲が落ちているのに、人間用の食事を用意すると途端に鳴きはじめて物色しようとする。免疫が落ちたせいで口の中は口内炎だらけだし、点滴をしているとはいえ慢性的にやや脱水ぎみのはずなのだが、食い気が残っているとはたいしたものだ。

白黒猫のフジタとコテツは兄弟で、二〇〇九年にわが家にやってきた。というか、私の車の下で鳴いていた。そのほんの数日前にチミイという三毛猫を亡くしたばかりだった。私がはじめて一緒に暮らした猫はミイというのだが、ミイを拾ったすぐ後にチミイがやってきたから、小さいミイで「チミイ」と呼んでいた。なんでそんな紛らわしい名前をつけたかというと、猫を飼ってはいけない貸家に住んでいたときに拾ったので、里親を探そうと思い、情が移らないように仮名で呼んでいた。ミイミイ鳴いていたから、ミイ。迎え入れる誰かがもっといい名前を考えてくれるだろうと期待していたのだが、名前をつけないから情が移らないなんてことはもちろんなく、結局二匹ともうちの猫になってしまい、家も引っ越すことになった。

話はそれたが、ミイとチミイは死ぬときもあまり間を置かずに立て続けに逝ってしまった。ほぼ同じ日数をうちで暮らしたことになる。さみしくなってしまったな、と思った矢先にフジタとコテツが私の車の下で鳴いていたというわけだ。最初は、親猫がそばにいるかもしれないから見に行ってはいけないと自制した。しかし、いつまで経っても子猫の鳴き声がすぐ近くで響いている。一時間以上鳴いていたと思うのだが、もしかしたら気になり過ぎて長く感じただけで、もっと短い時間だったのかもしれない。母猫を探す子猫の鳴き声というのは切ないどころではない。命がかかっているのだから、切羽詰まっている。出勤前で、出かける準備をしているところだったから焦ってもいた。もう限界と心の中でつぶやき声のするほうへ行ってみると、よりにもよって私の車の下で鳴いている。かがんで車の下をのぞくと、あっさり近寄ってきた。抱き上げて、あー、とうとう触ってしまったと思っていると、もう一匹チョロチョロと出てきて驚いた。まさかうちに二匹分空きが出たよと誰か教えたのかと、思わず疑う。

あとから出てきた猫がフジタだ。なぜ覚えているかというと、出てきた瞬間、二匹もいて困ったなと思いながらも、おかっぱ頭が藤田嗣治みたいと笑ってしまったからだ。うしろ足の柄もおかしくて、股上がものすごく浅い、黒いももひきをはいているように見える。両手に一匹ずつひょいひょいと抱き上げると、二匹ともまったく抵抗せずに手の中に収まった。

それからいそいで病院に連れて行くと、健康状態に問題はなく、体重は二匹とも五〇〇グラムだから生後一カ月くらいですねと言われた。連れたまま出勤すると（もちろん遅刻だ）、疲れたのか、店に置いているソファで二匹くっついてよく寝ていた。家に帰り、白玉といまは亡きチャチャオくんにもおそるおそる引き合わせると、そんなに動揺することもなくすぐに受け入れてくれた。白玉は子猫好きなので、まるで母猫のようにおしりを舐めてあげたりしていたから、フジタとコテツは私より先に白玉になついた。ちなみに白玉は雄猫だ。

二匹はすくすくと育った。最初はどちらか一匹だけでも里親を探そうと考えていたのだが、寄り添って寝ている姿を見ていると引き離すのも忍びなく、結局どちらもうちの猫となった。でも、探すふりをしていたような気もしている。車の下から出てきたときから、私の心の奥底では手放さないことが決まっていたのだろうとも思う。

しばらくは連れて出勤していた。フジタは見た目のインパクトが強いし、コテツははじめて来たお客さんの膝でも寝てしまうほど甘えん坊なので、どちらもお客さんに人気だった。ただ、コテツは猫にしては動きが雑でいろんなものをがちゃがちゃと倒してしまうし、フジタは見た目のひょうきんさに反して中身が繊細なので、一カ月ほどが経ち、安心して留守番をさせられるようになったら店に連れて行くのはやめた。

成長してくると体格に差が出てきた。コテツはやけに手足が太くて大きい。よく見比べると体長にかなり差がある。コテツの体のほうが長く、体格がいい。だが体重には差はなく、二匹はずっとほぼ同じ重さのままだった。ということは、あきらかにフジタのほうが太っているのだ。成長するにつれフジタは際限なく丸くなり、フジタという名前が似合わなくなってきた。シルエットがボールみたいに丸くてポンポン跳ねそうだと常々思っていたら、つい口から「ぽんちゃん」と出て、それからは呼び名が「ぽんちゃん」に変わってしまった。正式名称はフジタで、あだ名はぽんちゃん。病院のカルテには「田尻フジタ」と書いてある。

二匹とも順調に大きくなり八キロを超え、猫らしからぬ姿になっていった。ちなみに猫の平均体重は四キロ前後。何度も見ているはずなのに、吉本さんはうちに遊びに来る度に「大きいねえ」と言っていた。白玉もわりと大きい猫なのだが、フジタとコテツが一緒にいると小さく見える。

フジタはとにかくよく食べた。食い意地がはっているので、自分の分を食べている途中でもつぎつぎと他の猫の皿にまで顔を突っ込むしまつだ。他の猫たちは鷹揚で、取られてもぼんやりと見ているだけで怒りもしない。どんどん太っていくので、このままでは病気になるのではないかと心配になり、食べに行こうとするときに名前を呼んでみたり、食べるのを見張ってみたりしたが、あまり効果はなかった。帰りが遅いので置き餌をしないわけにもいかず、きっとみんなの食べ残しも食べていたに違いない。

大きいことの弊害は他にもあった。コテツに負けず劣らず甘えん坊で、寝るときは私の胸の上が定位置。あまりに重たいから半身ほどひきずり下ろすのだが、熟睡しているときに乗ってこられると気付かない。結果どうなるかというと、悪夢を見るのだ。誰かに押さえつけられていて、私は「離して!」と叫ぼうとするが声が出ないし体も動かない。もう無理と思ったところで目が覚めて、私の顎の下あたりにフジタの顔があるのが見え、おまえかよ……とつぶやく。

私はぜんそく持ちなのだが、せきがひどかったときにあばらを折ったことがある。一カ月ほどせきが続き、胸のあたりが少し痛くなってきたところにフジタが背中から飛びつき、衝撃で痛みが増した。構ってほしくて私を追いかけ回して鳴いていたのに構わなかったから、最終手段で背中に飛び乗ったのだ。翌朝、目が覚めると息が深く吸えず苦しかった。あわてて病院に行くと、あばらが折れていますと言われた。半分ぜんそくのせいで、半分フジタのせいだと思っている。

ふくふくと丸いまま歳を取ったフジタだったが、一年ほど前に痩せはじめた。具合が悪そうにしていてごはんも食べなくなったので病院に連れて行くと、脱水症状だと言われ、血液検査の結果、腎臓病だということがわかった。コテツは兄弟で同じ歳なのに元気だから、やはり食べ過ぎが祟《たた》ったのだろう。こんなに太らせるんじゃなかったと後悔したが、酒が飲めないなら死んだほうがましだーとか言う酒飲みの人みたいだな、とも思った。美味しいものをたくさん食べたからこれからは我慢だね、と先生に言われていたが、もちろんフジタは何のことだかわかっていない。

しかし、フジタはすごい。実は病院に連れて行った二日前に、人間用に焼いたサバを盗んでいたのだ。食事の準備中、サバからちょっと目を離したすきにフジタが台所の作業台に飛び乗り、くわえて逃げていった。カタンと音がしたのですぐに気付き追っかけて取り返したが。サバ泥棒するくらいだから、まさかそんなに具合が悪くなっているとは思いもしなかった。先生からも「脱水していても、見た目であんまりわからないねえ」と言われた。脱水していると毛がバサバサになるのだが、フジタは毛が長いせいかあまりバサついて見えず、もとがあまりにも太っていたから、げっそりしているようにも見えなかった。

うちでは、この事件をフジタのサバ伝説と呼んでいる。病気に気付くのが遅くなって申し訳ないと詫びながらも、なんであのタイミングでサバを盗めるんだよとあきれてもいた。お魚くわえたどら猫を何度、家の中で追っかけたことか。野良猫じゃないけど。あまりに魚に執着するから、フジタの首輪は魚の名前がたくさん書いてあるものにしていた。鱈、鯛、鱒、鯖……。首のまわりにぐるり魚の名前がついていることをフジタは知らない。

そんなフジタも病には勝てず、一年間の闘病生活を経て、二月六日の朝に逝ってしまった。でも、亡くなる二日前まではパウチパックに入っている猫用フードを、スープの部分だけだが舐めていた。最後まで甘えん坊で、亡くなる前々日まで、ヨタヨタしながらベッドにのぼってきて私の懐に入って寝ていた。次の日はのぼれずベッドの脚元で鳴いていたので抱き上げて布団に入れたが、もうトイレに行く体力がなくお漏らしをしてしまったので、次の日はリビングの床に布団とペットシーツを敷いて一緒に寝ることにした。何日でもそうやって付き合うつもりだったのに、一晩だけであっという間に逝ってしまった。ぎりぎりまで食べて排泄して、あっぱれな最期だった。太く短い猫生だ。とはいえ、あと少しで十四歳、そんなに短くもないか。

こうやってパソコンに向かっていると、フジタを思い出す。何かに集中しているとたいていの猫は邪魔をしたがるものだが、フジタはとくにひどかった。そんなものに夢中になってないで、ぼくを見てと鳴きはじめる。それでも放っておくと邪魔をする。邪魔の仕方は猫によって違うのだが、フジタは必ず本をひっかいていた。私が座っている横には常に本が数冊あって、それをカリカリやりはじめる。普段は本にはまったく興味がないのだから、私のいちばん大事なものは本だとわかってやっている。賢い猫だった。平気なふりをすると今度は机の上から本を落とす。それでも知らないふりをすると、本の間に手を入れようとする。上手くいけばやぶける。それで、フジタと私は何度ケンカをしたかわからない。猫相手に本気で「いいかげんにしなさい！」と怒鳴っていた。でも、怒鳴ればフジタの勝ちだ。ぜんぜん怖がっておらず、やった！　こっち向いたって感じで余裕の表情だ。

部屋のあちこちに不在のしるしがある。窓辺にある空っぽの猫ベッド。いつもくっついて寝ていたコテツの横には白玉が寝ていること。もう誰も落とさない私の本。寝ているときの胸の上の空白。目覚ましが鳴った途端起こしに来るフジタの声が、目覚めても聞こえないこと。帰宅して玄関を開けてもフジタが迎えに来ないこと。食卓の魚はもう盗まれないし、魚文字柄の首輪はもう持ち主がいない。

コテツはフジタがいなくなってから、前にも増して甘えてくる。相棒がいなくなったから当然だ。生まれてこの方フジタと離れたことがなく、寝るときはいつもくっついて寝ていた。コテツは場所の取り合いでよく白玉と小競り合いをしていたのだが、最近はもめることもなく一緒に寄り添って寝ている。彼らも不在を埋めようとしているのだろう。猫にだってさみしいという感情はある。

不在を意識することは、喪失を確認しているのとは違うとつくづく思う。いないことで、より存在が際立つ。私はもうフジタには触われないのだけど、前よりもくっきりとその存在を感じてしまう。とはいえ、あの丸くてふわふわでぽにょぽにょした真っ白の腹を、この手でまた触わりたいと強く、強く思うのだけど。

春爛漫の熊本で

吉本由美

春の良い天気のもと、出不精の私も外を歩きたくなって散歩に出た。が、ごく平凡な住宅地である我が家の周囲にこれといって歩いて楽しい場所はない。それで水前寺公園はどうだろうかと閃いた。一瞬遠すぎる、と思ったけれど、子供の頃は水前寺公園内にあった動物園によく通っていたのだ。平日なら子供は無料で入園できたので学校が終わったあと歩いて行っていた。子供が歩いて行けるのであれば、その程度の距離であれば、老人となった身でも大丈夫なような気がしてきて、天気の良い日足を延ばした。

うちから水前寺公園へ向かうとき、南へ歩いて十分ほどで対面するのが北水前寺踏切だ。踏切に立つと右が水前寺駅、左が阿蘇方面。熊本から大分まで阿蘇山麓を越えて走る豊肥《ほうひ》本線の線路である。渡ろうとしたらカンカンカンと音がして遮断機が下がり、阿蘇方面から電車が来た。赤い車両の普通列車だ。熊本地震で線路に大被害が生じる前まではこの踏切をカッコいい特急列車「九州横断特急」や可愛らしい観光列車「あそぼーい！」がヒュ〜ンと通過して、居合わせた子供たちが手を振っていたが、今はどうなっているのだろう。私が見かけるときは普通列車ばかりで、まだ通じてはいないのだろうかと心配したが、「あそぼーい！」がどこか違う路線を走っているという新聞記事を読み、何かしら裏切られたような気がして寂しくなった。

あがた森魚《もりお》のアルバム『永遠の遠国』の中に〈いとしの第六惑星〉という曲がある。熊本に帰ってきて三、四年目くらいにそのCDを「ちょっと聴いてみて」とある人からいただいた。そして何気なく聴き始めたら、涙が流れて止まらなくなった。簡単にまとめると、夜の豊肥本線で阿蘇のくらい森へと向かい東京へ帰るのだけれど本当は帰りたくない、という内容だ。恋人との旅行から、東京へ、日常へ、と戻るその、夢の覚めゆくときのような心模様が、乗った列車を「遥か地の星 海にうかぶ船」として書き綴られている。

そしてその中に「熊本 南熊本 水前寺 龍田口〜」と列車が通って行く駅の名前が歌い上げられる。ここで泣けてくるのである。日頃なじんだ駅の名前が歌われるだけでわけなく泣けてくる。この想いは何なのか。これが〝地元愛〟ってやつだろうか。ならばそのとき私は初めて自分も熊本の人間であるのを自覚したということになる。あがたさんに礼を言うべきかもしれない。

思わぬところで話が長びいたが散歩である、歩きである。話は戻って北水前寺踏切である。それを越えると左に三年前階段から落ちたときに診てもらった水前寺脳神経外科がある。私も顔面血だらけとなって相当痛かったのだけれど、私の前の中年男性の受診者が、やはり階段から落ちたらしくかなりの重傷。家族を呼ぶとか大病院への搬送とかで診察室は大騒ぎで、そのあとの診察となった私に院長は軽く「ああ大丈夫ですよ」と言うのである。あまりのあっさり具合に「そうかなあ」と疑《うたぐ》る私。すると院長は前のその患者さんと私のＭＲＩ検査結果を並べて見せて、「大丈夫じゃないのは、ほら、この方のこういう状態を言うんですよ」と指差した。なるほど、私の脳の画像の黒さに比べ前の方のは脳の半分以上が真っ白に写っていて、これは尋常ではないことが素人目にも歴然で私の怪我は軽度とわかった。

脳神経外科を過ぎると水前寺公園へと流れゆく細い藻器堀川《しょうけぼりがわ》がある。そこに架かる藻器堀第二号橋を越えてさらに進むと、右側に「水前寺しょうぶ苑」がある。ここは二つの大きな建物に、サ高住（サービス付き高齢者向け住宅）、在宅クリニック、リハビリ特化型デイサービス、ホームヘルプステーション、居宅介護支援事業所を揃えた老人施設である。自分がさらに年をとって日常生活に支障をきたすことになったら、終わりは在宅介護でという心づもりだから、近くにこういう施設があるのは心強い。そろそろ顔つなぎをしておいた方がいいのかも、と毎年思うが気後れしてまだ手付かずだ。

そこから少し歩くと北水前寺五叉路がある。そしてその角にも「デイサービス水前寺」がある。この通りにはちょっと先の左側に「水前寺ハイム」（サ高住）、その先に老人保健施設「シルバーピア水前寺」があり、狭い範囲に四軒も老人施設が揃っているから私は「シルバーストリート」と呼んでいるが、これから老後へ向かう（もう真っ只中か）人間にはありがたいといえばありがたいところだ。それにしてもこの界隈には「水前寺耳鼻咽喉科医院」「水前寺こころのクリニック」「水前寺皮フ科」もあって、病院や老人施設は〝水前寺〟だらけである。だから以前遊びに来た友だちの「水前寺ってお寺はどこにあるの？」という質問は当然のことで、私も言われて初めて疑問に思い誰彼となく訊いてみた。けれど、その昔この地にあった「水前寺」というお寺を付近に移し、その跡地に公園を造った、という以外それらしき答えはなく、「水前寺」のその後のことはわからずじまいだ。

さて家からゆるゆる歩いて三十分弱。「シルバーストリート」の先はお屋敷町でそれぞれの立派な塀を眺めながらたらたら進むと水前寺二丁目の信号に到着する。目の前を横切るグラウンド通りの信号を渡れば、おお、いよいよ右が水前寺公園裏側、かつて動物園があったところだ、懐かしいぞお。真っ直ぐ見れば公園裏の長い塀に沿って細い道が奥へと続き、細道好きの人間をおいでおいでと手招きしている。魅惑的だ。これぞ奥の細道ではないかと歩を進めた。

その細道を五〇メートルほど行くと左が急に開けて古い門と家があり、あ、ここが夏目漱石第三旧居かとわかった。旧居といっても現在地へは昭和四七年に移築されたので私の動物園に通っていた頃の記憶にはない。漱石は四年三ヶ月の在熊中《ざいゆうちゅう》に六回も引っ越しをしていて、この第三旧居、元は白川付近の大江村（現在は新屋敷）にあったそこに家主が帰熊《きゆう》するまでの明治三〇年九月から三一年三月までの七ヶ月を過ごし、その間に『草枕』の題材となった小天《おあま》旅行へ出かけたという。『草枕』の発表は明治三九年九月というから書き上がるまでにおよそ九年掛かった、というか寝かせていたことになる。なるほどそのくらい時を重ねなければ良い小説は生まれないのだろう。

どれどれ、と小さな玄関に入り、今は文化財として保存されているお宅へ上がらせてもらった。室内はこぢんまりした三部屋つながりの和室で、明るくて居心地がいい。驚いたのは、漱石の等身大のパネルがあったので自分と比べてみたらあまり差がないということだった。天気が良かったせいか三部屋の障子も襖もすべて開け放されていて、縁側の向こうのガラス戸から差し込む柔らかな陽光が室内をクリーム色に染めていた。小さな三部屋がこうして広いワンルームに変身するという日本家屋の魔術ここにあり。妻鏡子との若い夫婦二人暮らしに最適なこぢんまりした邸宅だった。

漱石第三旧居を後にして、水前寺公園を裏側からぐるっと回り表側に行く。公園横を流れる川に沿って北に上り公園入口へ向かう。公園沿いの川は透明で清らかだ。首を伸ばして見ていたら、子供と川を眺めていた太り肉《じし》のおじさんが「この川はな、みんな湧水なんだぞ」と言うので、子供と一緒に「へえ〜」と頷いた。その川は北の方から流れくる細い川が途中にある水神さまのところで公園内の湧水と合わさり、たっぷりの水量となって名を藻器堀川から加勢《かせ》川に変え南の江津湖へと流れゆく……そうである。なるほど、なるほど、腑に落ちた。昔から、川が急に名前を変えるのを不思議に思っていたのだ。

熊本は〝火の国〟と呼ばれているけれど基本水の都で、いたるところに湧水があり、市内の水道はすべて地下水で賄われるという世界でもめずらしい都市なのだ。水神さん通りを流れるその二つの名を持つ川を眺めていると、清らかさの証のように川面にオオバンのつがいがゆったりと揺蕩《たゆた》いながらやって来た。

やっと水前寺公園到着。正式には「水前寺成趣園」入口に着く。

なれない長歩きに疲れた足を休ませたいと、入口近くに建つ「古今《こきん》伝授の間」という茶室に行ったら、なんということ、満員である。座敷にたくさんの人が上がり込み、憩っておられて隙間などない。こんな光景初めて見た。熊本日日新聞社から出ている『フォト・レポート4　熊本』によると、この建物は慶長五年（一六〇〇）、京都桂宮で当時の和歌の第一人者と言われていた細川藤孝（幽斎）から八条宮智仁《としひと》親王が『古今和歌集』の秘伝を受けたことから「古今伝授の間」と名付けられ、長いこと宮家にあったのが大正元年熊本に運ばれ現在地に復元されたという。今は県指定重要文化財である。主室の杉戸の墨絵「雲龍」は狩野永徳の筆によると聞けば、そんなところにこんなにうじゃうじゃと観光客を入れていいものか、と思うが、そういう太っ腹なところが熊本のざっくばらんな県民性だろうか、とも考えて、まあいいかとその場を後にした。

清らかな湧水をたたえた泉水を、取り囲むようにつながるなだらかな築山。それを眺めたら疲れた足も元気になった。久しぶりのこの光景にはやはり気持ちが和む。たくさんの水鳥たちがその日確認しただけでも、コサギ、ダイサギ、ゴイサギ、コガモ、カルガモ、たぶんハシビロガモにオオバンと、鏡のような水面に浮かんで、目の保養にこの上なしである。この繊細で優美な泉水庭園は寛永一三年（一六三六）、肥後最初の藩主となった細川忠利が鷹狩の折に、渾々《こんこん》と清水が湧くこの地を「国府の御茶屋」として設けたのが始まりという。築山の奥にはお能の舞台「能楽殿」もあり、二〇一八年には石牟礼道子・原作、志村ふくみ・衣装の新作能『沖宮《おきのみや》』が上演された。私も観たいと思ったけれど財政難ゆえ諦めたのだった。

水前寺公園行きから数日過ぎた。水前寺公園へ行ったときは桜の開花から日が浅く、お花見とまではいかなかったが、その一週間後の〝立田山のお花見〟では満開となって冗談ではなく花盛りだった。このお花見は去年の春、久子さんから「ヨウくん（久子さんのパートナー）と立田山でお花見してきました」と聞いたときから計画していた催し（大げさ！）だ。久子さん宅の裏は立田山というなだらかな山で、市民憩いの里山と言われるだけにお花見シーズンともなればたくさんの人が集まるのだけれど、「桜を見るのに打ってつけの人の来ないいい場所を見つけたんですよ」と自慢げに久子さん言うし、さらにお弁当をヨウくんが作ってくれると聞いては、人混み苦手の私でも、そりゃ絶対に参加しなくては、とカレンダーに赤丸印を記していた。

三人でこぢんまり、の予定だったが、そのときたまたま〈橙書店〉でアクセサリーのイベントを開いていたちばちゃんと、春休みで彼女にくっついてきた次男のあさひくんが特別参加となって、総勢五人の賑やかなお花見になった。人が増えてヨウくんのお弁当作りは大丈夫だろうかと気になったが、料理は苦手なので手伝えない……というか、お弁当は誰かに作ってもらった方が断然美味しいから、おまかせ三昧となってしまった。

住まいの裏に山がある、だけでも、ぺらーっと平べったい住宅地に住んでいる人間としては羨ましい限りなのだが、その山が、トレッキングや適度に息を弾ませながら散策するに最適の場所で、樹木が繁り、鳥がいて、猪もいるワイルドさがあり、桜の種類及び量といえば熊本随一ではないか……と言われる山なのだから、羨ましさここに尽きる。

その山には小学校低学年時の遠足で上ったことがある。それ以来足は遠のき、久子さんが今の家に引っ越してから何度か誘われて上ったけれど、桜の季節は初めてである。久子&ヨウくんの二人は、高齢者の私、都会暮らしのちばちゃん、そして小学三年生のあさひくん、の三人を驚かそうぜと企んだらしく、〝いつもの〟ではない、ちょっと離れた急な山道へと誘うのだった。

急な山道を乗り越えた先には、おお！　苦労人の人生後半のように穏やかに開けた広場が待っていた。満開の桜の下で子供たちが走り回り、家族はお弁当を広げてお花見真っ最中。ここが市民の憩いの場らしいが、赤ん坊を抱っこしている人も多く、テーブルまで出している人もいる。そんな大荷物抱えてみんなよく上ってきたなと驚いたものの、すぐそばまで車で来られる道路があったのを思い出す。そりゃそうだ、でなけりゃこんな山の中腹まで大荷物抱えて花見に来るという奇特な人はいないだろう。

私たちはその賑やかな人の輪から離れ、林の奥の秘密の場所を目指してカサコソ歩を進めた。「ここでーす」とヨウくんが叫ぶ場所は、溜め池というか、浅瀬というか、沼というか、水が出たときにここに留めおくのだろう湿地をぐるりと回って、浅瀬の対面に枝垂れ桜の列を望んだ大きな木の下である。おお、いいね、いいね、と、ちばちゃん親子がはしゃぐ。シートを敷いた地面のあちらこちらにスミレとハルリンドウの小さな花が咲き乱れ、見渡す湿地の向こう側には枝垂れ桜が列をなして、天国みたいな景色である。

心のこもったお弁当を食べ、ビールにワイン、おしゃべりに笑い声、と高齢者から小学生まで集うこの場は、まさに正調お花見だろう。こういう体験は四十年も前、友だち一家と過ごした小金井公園お花見の会以来だ。それ以降は一人か二人かの〝ながら花見〟〝ついで花見〟が主体だった。それはそれでいいのだが、一時間も持たずに花見は終わるのが常だった。それがここでは、気が付いたら午後四時を回っている。一時過ぎに着いたから三時間は経っているので皆驚いた。アッという間だったねえ。そういえば子供の頃、祖父母と大叔母と叔母さん、従姉、両親と兄弟、祖父の米屋で働く人たちと一緒に行った花見の宴も、アッという間に夜になって、調子に乗って騒いでいた私と弟がまだ帰りたくないと駄々をこねたのを思い出した。楽しい時間はすぐに過ぎ去る。だからこそ、またねと思うわけだけれど。

帰りがてらもう一度桜を観て回った。風が強くなったので桜の花びらが舞い散り水面を彩っている。そこに広がる桜の花びらは逆さに映った山の景色の上に輝く星のように見えた。

ご近所の花巡り

田尻久子

フジタはいなくなってしまったけど、春は来た。三月に咲きはじめた庭の椿は四月になってもまだ咲いており、満開は過ぎたが葉の間にわずかに赤が見え隠れする。八重咲きで、花ごとぽとりと落ちずにひらひらと花びらが舞い散る椿だ。塀の外まで枝が伸びているので、花びら掃除がなかなか大変。掃いていると、通りすがりのご近所さんから「きれいかばってん、大変ねー」と声をかけられる。「たまには目ば、つぶっときなっせ」と気遣ってくださる方もいるが、運動不足なので体を動かしたほうがいいのだ。

幼少時代に住んでいた借家のお向かいにも椿があった。「お屋敷」というイメージなのだが、なにせ子どもの頃の記憶。自分の家が安普請の借家だったからそう見えただけで、普通の家だったかもしれない。その家の椿の枝が塀を越えており、道にたくさん落花していた。落ちる先はアスファルトで固められていない私道だ。ぽとりぽとりと花ごと落ちて、土の上でふたたび咲く。その花を食べ物に見立てままごと遊びをしていた。

おもちゃなんてあんまり持っていなかったから、そこらへんにあるものは何でも使って遊んでいた。

その記憶があるからか、いま借りている家を内見したときに椿があると喜んだ。実際には、茶毒蛾《ちゃどくが》が卵を産み付けたり、剪定が大変だったりするのだが、春になって花が咲くとやはり見事だと見入る。

茶毒蛾には要注意だ。幼虫の毒針毛《どくしんもう》に触れただけで皮膚炎を起こし、痛みとかゆみが二〜三週間続くという。毒針毛は長さがたった〇・一ミリほどで、一匹の毛虫が五十万本持っているらしい。怖い。飛散した毒針毛が洗濯物についてひどい目に遭ったことがあるから洗濯物を外に干すのをやめた、という友人もいる。私はアレルギー体質なので、触れたら多分ひどい目に遭う。書いているだけで体がかゆくなってきた。でも、茶毒蛾に興味がわいてちょっと調べたら、ひとつの枝の葉っぱを食べ尽くすと、行儀よく一列に並んで隣の枝に移るのだという。動画を探したら、移動するところはなかったが、頭をそろえて並んで葉っぱを食べている映像があった。怖気《おぞけ》立つのに見たくなるのは人間の性《さが》で、移動するところを実際に見てみたいとつい思うのだが、そんな悠長なことは言っていられない。飛んでいくということは、ご近所さんにも迷惑をかける可能性があるということだ。申し訳ないが、孵化する前に見つけて葉ごと切り落とし駆除するしかない。卵の状態でも決して素手で触ってはいけないらしいから、びくびくしながら葉っぱの裏をときおり眺めている。

引っ越してから二度目の春を迎え、少しずつ近所の花地図ができてきた。まず梅が春を告げる。梅が咲き出すと、春告鳥《はるつげどり》のウグイスも鳴きはじめる。

通勤するとき、家を出て二つ目の角を曲がりしばらく行くと、三叉路になっているところで一旦停止する。ある日、左側から車が来ていないかを確認していると、紅梅色が目に飛び込んできた。咲くまではちっとも気がつかなかったが、角のお宅に見事な梅の木があり、咲いてからは毎日チラ見するようになった。いまでは新緑が茂っている。

定休日にはたいてい原稿を書いたり、編集作業をしたりするのだが、座ってばかりでは腰痛が悪化するので、ときに思い立ち町内を一周する。近いのだから山に登ればいいのにと言われそうだが、山に入ると帰りたくなくなるから、近所をぶらぶら歩いて庭見学するくらいがちょうどいい。先日もそうやって歩いていたら、梅の木がある家の方が玄関先にいらっしゃった。「梅の花が見事でいつも見せてもらっていました」と声をかけると、「きれいだったでしょう。いまはあっちに別の花が咲いてますよ。何だったかなあ、名前は……」とおっしゃったので、通りすがりに見せていただいた。私は花の名前がちっともわからないので、「PictureThis」というスマホアプリで調べると、ツツジ属のムラサキセキナンと結果が出た。

しばらく歩くと、壁一面に赤やピンクの花が咲き乱れている。これも調べてみると同じくツツジ属のようで、オランダツツジと出た。近所には桜の木もあるのだが、桜はもうすでに散ってしまって新緑が鮮やかだ。私が近所の花地図を脳内に刻むように、ご近所さんもうちの椿や藤を楽しみにしているのだろうか。せっかく咲いているのだから、通りすがりにちらりとでも見ていただきたい。

吉本さんも書かれていたが、昨年からの約束を果たすため、先だって立田山で花見をした。普段は人の都合にあわせて予定を立てるが、花見ばかりは花の都合で日取りを決める。なにせ目と鼻の先に花見スポットがあるので、咲き具合を見計らい、天気と相談。無事、ほぼ満開の桜を見ながらの花見と相成った。

山に登る途中、竹林を通った。帰省していた元スタッフのちばちゃんと息子のあさひも一緒に行ったのだが、あさひは都会っ子だから竹林が珍しい。頃合いよく竹の子を掘っている男性がいたので、収穫するところを見せてもらう。あさひは竹がいたく気に入ったらしく、間引かれて倒してある竹を拾い、家に持って帰りたいと言い出した。ある程度切ってはあるが、小学三年生のあさひの背丈よりちょっと高いくらいの長さだ。

「そんなに長い竹、飛行機に載せられないよ」と言うと、短く切って持って帰るから大丈夫だと言う。工作が得意な私の連れ合いのことを、あさひは「ししょー」（師匠のことだ）と呼んでいるのだが、ちゃっかり「ししょーに後で切ってもらう」と言っていた。あさひが拾った竹はちょっと変色していたので、もうちょっときれいなやつを探そうと、みんなで目を皿にして歩いた。

一、二時間遊ぶつもりが、いつの間にか三時間以上飲んだり食べたり、散歩したりしていて、あっという間に夕方になってしまった。帰り道でもあさひは竹に興奮し、「うわー、何百本も生えてる！」と叫んでいる。帰り着いてから「ほんとに持って帰るの？」と聞くと、もちろんと言うので、ししょーが竹を三等分に切り、紙やすりで切り口を磨いた。短くなった竹を一本だけ持ち帰るのかと思いきや、大事そうに全部抱えてじいじとばあばの待つ、ちばちゃんの実家へと帰っていった。あさひは後日、じいじとばあばと一緒にもう一度立田山に桜を見に行ったそうだ。私たちと見た場所をすべて案内したらしい。

ちばちゃんは前回同様アクセサリーの展示で帰ってきていたのだが、ちょうど庭の藤が咲きはじめたので、展示終了日に打ち上げがてら庭先で天ぷらを揚げることにした。なぜ天ぷらかというと、藤の花を天ぷらにしたいから。去年の春、はじめて試して美味しかったので、今年も食べようと咲くのを待ち構えていた。前回、ほんのちょっとおすそわけしたのを覚えていらしたようで、咲きはじめるとお隣さんから「藤の天ぷら食べ放題ね」と言われた。とはいえ、藤の花の時期は限られているし、庭で天ぷらを揚げる余裕などそうそうない。特別な日のごちそうだ。

ちばちゃんの実家は近いので、展示中は一緒に通勤していた。最終日は帰り道であさひを拾ってから二人を家に連れて帰る。あさひはなぜか竹を持参していた。昼間はひとりでチャンバラごっこをしていたという。チャンバラの続きでもするのかと思ったら、竹をさらに加工したかったようで、「ししょー、竹を切ってくれませんか」と頼んでいた。頼み事のときだけ敬語になる。どうやら短くするだけでなく、節を抜いて、穴も開けたかったらしい。

夜も更けてよい子は寝る時間が近づいてきたので、ちばちゃんとあさひは歩いて帰ることになった。あさひはまたもや持ってきた竹を一本残らずかき集めている。家の近所は道が暗いので、大通りまで送ることにした。あさひは前にも歩いて帰ったことがあるので道を覚えている様子。歩きながら、「ここで前にお父さんが……」と記憶をたどりもしていた。こんなささやかな夜の出来事もひとつひとつ思い出になって、いつしか忘れて、大人になったあさひがあるときふいに思い出したりするのだろうか。

先日、お隣さんから八景水谷公園の山藤がきれいだと教えてもらった。いつも行く期日前投票所は八景水谷公園の目と鼻の先。ちょうど投票日が近かったので、定休日に投票のついでに山藤も見に行った。もう満開は過ぎているようだったが、付近の木にからみつき、どこまでが藤でどこまでが木かわからない野趣あふれる様子が、庭の藤とはまた違った趣でうっとりした。

先に寄ったスーパーで昼ご飯用にパンを買っていたことを思い出し、せっかくだから公園で食べた。水辺にある大きな桜の木を目前にひとり花見。みんなで見るのもいいけど、ひとりで見るのも景色を独り占めしているみたいで気分がいい。前に、女性が音楽（結構な爆音）を聴きながら楽しそうに水辺でパンを食べているところに遭遇した。公園を一巡りしてまた同じ場所を通ると、今度は気持ちよさそうに寝っ転がっていた。ひとりで過ごす休日を満喫しているなあ、楽しそうだなあ、と感心したので私も真似してみたのだが、準備不足で満喫にはほど遠かった。パンのトマトソースを洋服にこぼすし、飲み物を持っていくのも忘れた。敷物もなかったのでお尻もちょっと湿った。しまいには、スーパーで買った生鮮食品が車に載っていることを思い出し、ぼんやりしている場合ではないなと食べ終わるとあわてて駐車場に向かった。

駐車場に行く途中、川遊びをしている小学生たちがいた。まだ四月だというのに上半身はハダカだ。目が合ったので「寒くないのー?」と聞くと、「逆ー！　あつーい」と言われた。そばには少し水を張った小さなボートがあり、魚らしきものが浮かんでいる。見ていると、男の子がボートを傾け「ほら、どんこ!」と中身を自慢してきた。

しばらく歩くと今度はおじいさんが道ばたで絵を描いていた。通りかかった女性に「桜ですか? きれいですね」とほめられ、まんざらでもなさそう。「もう散りよるけど、まだ咲いとったときに描きはじめたっですよ」と、絵の中の桜が満開なことの説明をしていた。みんなそれぞれに春を満喫していてなによりだなあと、いい気分になって帰路に就く。

家に帰ると、椿の花びらが盛大に散っていた。こりゃさすがに目をつぶれないなと掃いていていたら、出かけていたお隣さんが帰ってきた。通りすがりに車の窓を開け、「木の真下だけ掃《は》わけばよかよ」と言ってくださる。風が強い日で、道路いっぱいに花びらと葉っぱが散っていた。あちこち掃いていたのが近づきながら見えていたようで、気遣ってくださった。駐車して荷物を下ろしながら「フキいるねー?」とおっしゃるので頂戴する。フキ採りに出かけていたらしい。お隣さんは山野草に詳しく、近所の花地図どころか、熊本じゅうの花地図が脳内に入っている。大先輩だ。

フキの下ごしらえは皮をむくのが結構面倒だから、億劫になる前にさっさとやってしまう。面倒だけど、なんだかとてもせいせいした気持ちにもなる。むき終わると、泥臭い緑から鮮やかな春色の緑に変わり、本当に春が来たという感じがした。

ただいま老人特訓中

吉本由美

二〇二三年五月、私は七十四歳の日々を過ごし、そしてあと二ヶ月で七十五歳となる。それはめでたくも〝後期高齢者〟として生きる人生の始まりである。後期高齢者……ちょっと前までは人ごととして耳に響いていた言葉だ。大変ですね。お体大切に。何かお手伝いしましょうか？　と、向こう岸の話だった。それが今度はそこに自分が立つ。いや、もちろん、六十代半ばあたりから体力気力の減退を感じ、中高年から老年へと移行しつつある感覚はあったから別世界の話ではない。でもまだ何か〝老人〟は人ごとだった。老人パワー、老人問題、老人悲話などは一つ向こうの話だった。そこにもうすぐ自分も立つ。紛う方無き老人となり、黄泉《よみ》の国に向かって確実に歩いて行く。知っているようで知らないような未知なるそこはどういう世界か。恐れ半分、興味半分で二ヶ月先を待っているところである。

七十歳を超えたある日「おや？」と思った。人の言っていることが理解できないのだ。早い口調に言葉が聞き取れない。ラジオやテレビの機関銃のようなしゃべくりのみならず友人の早口も、何と言っているのかわからないときがよくある。たとえ聞き取れたとしても言葉そのものが理解できない。知らない言葉だらけで外国にいるような気持ちになる。耳が悪いのか脳が弱ったのか。原因はわからないが、どうもその頃から自分の老人時代への道が開かれたように思う。

たまに街に出て〈オレンジ 橙書店〉へ行き、お客さんたちの会話に耳を傾けると、話の内容が摑めないこともたびたび。話題、言葉がわからないのだ。今売れているという俳優やタレントの顔も名前も闇の中だし、話題の映画や流行りの音楽も知らない。外来語、カタカナ語、若者語となればチンプンカンプンお手上げで、さらにそこにAI（人工知能）、VR（仮想現実）、AR（拡張現実）、メタバース（仮想空間）などというデジタル言葉、オンライン文化が追い打ちをかけ闇の世界をどんどん広げていく。高齢者の誰しもこうとは思わないが、少なくとも私の現日常はこんな具合だ。一人暮らしゆえそばで明かりを灯してくれる相手もなく、何のことやら、日々謎だらけの世界をよろよろと彷徨《さまよ》い歩いている感じ。新しいことは決して嫌いではないというのに悲しくなる。

そんなある日、トヨタ自動車の前社長で、会長の豊田章男さんの言葉に救われた。豊田さんは今年の四月一日付で社長の座をひと回り以上若い佐藤恒治《こうじ》さんに譲った。まだ六十七歳という年齢だから「退くには早い」と感じた人は多かったと思う。私も驚いた一人である。退いた裏に、というか奥に、何が隠されているのかは知らないが、ともかく記者会見の席上ではその理由を「私はちょっと古い人間。未来のモビリティーはどうあるべきかという新しい章に入ってもらうためには、私自身が一歩引くことが今は必要だと思う」と述べられていた。

そのニュースを見ながら私はこの「私はちょっと古い人間」という考え方にいたく感じ入ったのだ。そうか、いつまでも、若くいよう、前にいよう、変わらないでいようとするから、わからないことに焦るし、悩むし、落ち込むのか。世の中から取り残され、弾き出される疎外感を感じるのか。そう思った。今までは、こんなことも知らないなんてカッコ悪い、とムキになって新しいことを調べ身に付けようともがいていたが、「自分はちょっと古い人間で」という看板をあげてみると、わからなくてもな〜んてこともなくなるのだ。「ちょっと古い人間だ」と居直るわけではないけれど、そう言うとすんなり収まることが結構多いとわかってきた。自分は古い人間ではない、と思い込んだり思わせようとしたりしていたところに、焦りや悩みが生じていたと見えてきた。ネット社会、オンライン文化、ストリーミングやサブスクなどなど理解なんかできなくたって、あと十数年でちゃんとお迎えが来てくれるんだし、そんなこたぁどうでもいいやい！と、寅さん調で声に出したら気が楽になった。

とはいえ高齢者にとって世の中はどんどん住みづらいものになっていく。先月、家の用事（猫が齧った網戸三枚の修理、外猫のためテラスに張り巡らせたビニールの張り替え、猫砂や猫缶などの重いものの買い物）で帰省してくれた弟と近くの居酒屋へ行った。こぢんまりした個室の並ぶ感じのいい店だったが、注文がタブレット式で操作がわからず、いちいち店員さんを呼ばなくてはならないのには閉口した。前に来たときは久子さんとヨウくんと一緒で二人に任せてことはスムーズに運んだのだけれど、このタブレットで注文するやり方、機械オンチの私はもちろん、まだ現役で仕事しているとはいえもうすぐ古希を迎える弟も苦手で、注文を終えるまでにかなりの手間と時間が掛かった。空腹状態だったから苛立った。それで「ああ、このことね」と、少し前に新聞紙上を賑わせていた「タブレットでの注文をめぐって口論」という記事を思い出したのだった。

読者投稿欄に載ったそれは「時代についていく努力も必要」というタイトルで、八十歳の高齢男性客がタブレットでの注文方法がわからず外国人店員に怒りをぶつけていたと書かれていた。その高齢男性は「八十歳のオレには注文の仕方が分かりづらい！　口頭で伝えた方が楽じゃないか！」と激昂したそうだ。それを見て「時代に適応できないということを恥ずかしげもなく大きな声で宣言して」いることに「衝撃を受けた」と投稿主二十九歳は書く。「たしかに高齢の方にはとっつきにくい仕組みかもしれない。だが逆に聞きたい。適応する努力はしていますか？　と」と続けて。

その投稿をめぐっては「タブレットでしか注文できないのは高齢者だけでなく視覚障害のある人にも不親切」「店側もタブレットを使用しない場合の対応が必要」などのタブレット式反対論が後日の読者投稿欄で多く取り上げられ、二十九歳くんの立場は弱かった。もちろん私も若者の気持ちはわかるのだ。できないからって何も怒鳴り散らすことはないだろう。そのことは八十歳の高齢男性の方に非がある。けれど、老人だってできる限り速やかに世の中に適応したいとは思っているのだ、努力しようとはしているのだ。

でもですね、と、その夜家の近くの居酒屋で注文するのに難儀しながら思ったのは、若者よ、老人は努力してみても実らないことが多々あるんだよ、ということだった。それが老人というものだと。私と弟はかなり努力した。結果的にやり通せて注文できたが掛かった時間と労力が虚しい。口で言えば簡単なのに、と、そのとき苦々しく思った私は、怒鳴るまでには至らなかったが心は八十歳の激昂ジイさまと同じだった。

面倒臭いことといったらもう一つ。最近の無人コンビニや書店のセルフ支払いも年寄りには荷が重い。この前、無人コンビニの前を通りかかったら、小さなおばあさんがジュースを手に一人店内に立ち尽くしておられた。それが我が事のように思われて、つい「どうしましたか?」と声をかけた。ジュースを買いに入ったけれど人がいなくて買えないし、外にも出られない、ということだった。そのとき私も無人コンビニ初体験だったけれど中に入り何とかこなして、おばあさんは無事にジュースを購入し外に出て行かれた。コンビニ業界ではこれから無人店が増えるという。それを自慢げにニュースなどで披露している。若者は「カッケー」と思うらしいが高齢者は「世も末だ」と感じている。そうなると、対面で店員さん、特に外国人の日本語が少しできる店員さんとちょっとした挨拶やおしゃべりを交わす楽しみは消えるというわけだ。何かあっても尋ねられない。これまでは一人暮らしであろうご高齢の方々の昼ごはんや晩ごはんのチョイスを店員さんが手伝っていたのにそれもなくなる。せめてもの願いは無人の店舗がどうか街中だけであってほしいということだ。全ての店で荷物を出したり支払いができるというコンビニの〝売り〟はどうなるのか。人の姿が消え蛍光灯が青白く光るだけの殺伐とした世界が広がる予感に、あとわずか十数年の命で良かった、と、しみじみ思う。

加齢による肉体の変化というとまずは肌で、そのあと腰や目の疾患が〝王道〟だろうか。私の場合はそれに声のしゃがれと咳が重なる。

声のしゃがれと咳き込みは、久しぶりに電話でしゃべった古くからの友人に指摘された。「風邪ひいてるの?」と彼女は訊いた。ううん、と答えると「声がしゃがれているよ。違う人のようだ」と言った。「寝起き?」とも訊くので、「ううん」と答えると「いや、声がジャリジャリして変だ」と重ねて言う。そう言われると気になってくる。声がジャリジャリするのは嫌だ。「咳もしてるし早いとこ医者に診てもらい」と友。自分ではジャリジャリ具合がわからなかったので「扁桃腺かな」と呑気に答えると、「そんなものよりもっと気になるものかもしれないから」と脅す。そこで喉頭癌《こうとう》、咽頭癌《いんとう》、肺癌などの文字が浮かんだが、しかし、そもそも、老齢期ともなると声が掠《かす》れたりしゃがれたり咳き込んだりしてくるのが普通ではなかったか。高齢の政治家など皆ジャリジャリいわせているし、咳き込んでいる。老俳優さんは誰もが囁くかのような掠れ声だ。

昔マンションの三階に住んでいたとき、朝ベランダに出ると、周りの住宅のあちこちから、ゴホン、ゲホン、ウガッ、ゲボッ、ンガラガラッ、とおじいさん方の咳き込む声が、時を告げる雄鶏の鳴き声のように聞こえてきていた。爽やかな朝の空気を汚すようなその声に、年寄りって醜いなあ、と蔑《さげす》んでいたが、気が付けば今、自分も朝よく咳き込んでいる。これはマズイと主治医に喉の奥を診てもらった。喉頭癌、咽頭癌ってこともあるし。結果は「今のところ何もない」ということでホッとしたが、昔ヘヴィ・スモーカーだったため気管支喘息を起こしているそうだ。「老人の喘息は死にも繋がるから気を付けようね」とドクターに言われた。死にも繋がる高齢者喘息……その要因の多くは昔へヴィ・スモーカーだったことによる、ってことか。なるほど、ツケは確実に回ってくるってことなんだな。

もう十年くらい健診というものを受けていない。受けたらたぶんどこか悪いところが見つかると思うが、とりあえずアレルギー性鼻炎の病院通い以外、咳が出たり指が痛かったりしても臓器に不調を感じない自分は健康的な老後を送っていると思う。同年輩の友人の多くが臓器疾患で亡くなってしまった。こんな世の中長生きしても、とは思うけれど、猫たち全員を看取るまで自分は生きていなくてはならないのでつくづく健康で良かったと思う。もちろん加齢による体の変化は、めまい、耳鳴り、母指CM関節症、足腰の弱り、体力の衰えと様々にあって、とても若い頃のようには動けない。ふらふらし、すぐに疲れてため息も出る。でもそれも、後期高齢者の世界へ入る準備と思えば良き体験かと思う。実際その世界に入ればこんなものではいられないはずだ。「ユミちゃん、八十超えたらぜんぜん違うわよ〜」と、大橋歩さんからこれまで散々言われてきた。それはどういうことか、どう違うのかと訊いてみたが、違いは自分で体験しなさいということか答えはなかった。するとますます、ううむ、怖いような待ち遠しいような気持ちになる。ちょっとサスペンス映画みたいに思えてくる。

或る日喫茶店にいた。背後の席から線は細いが賑やかな声が聞こえてくる。中高年というよりおばあさんと言った方がお似合いの品の良い二人連れだ。そのおしゃべりを聴きたいわけではないが聞こえてくるのでつい耳を傾けていたら、我が耳は「今日ミック・ジャガーがね……」というひと声をキャッチした。おや？　老齢のお二人の場には意外な名前だぞ、と耳はダンボに変化する。そして大きかったり小さかったりと波のある会話の中から「久しぶりよね」とか「嬉しかね」とかの短い言葉を聴き取った。どうしたんだろと私は思う。ミック・ジャガーが来日したのか？　彼の映画か何かが公開されたのか？　それとも何かやらかしたのか？　嬉しそうな声だから訃報ではないだろう、と様々な疑問符が浮かんできたが、振り向いて尋ねるのも憚《はばか》られるので、調査のためトイレに行く風を装い席を立ってお二人の横をゆっくり歩いた。そして、見た！　テーブルの上にタッパーに入った〝肉じゃが〟があるのを。

トイレに入って大笑いである。聞き間違いもいい加減にしろ、と。この文章の出だしでは、最近の人の口調が早すぎて聞き取れないとグチっていたけれど、老齢のお二人のゆっくりした会話でさえこんな風に聞き違えるのだから「自分の耳のお馬鹿さん！」となじりたくなる。我が耳は遠くはなっていないにしても弱っているのは間違いない。

そういう具合に聞き違えたり、何もないところでよろめいたり、工事現場の人型道路交通指示マシーンを人と勘違いして道を聞いたり、と、明らかに年をとることの弊害は増えてきた。けれどそのことを悔やんでいるわけでもない。いや反対に自分でびっくりして笑うだけだ。年をとって困ることは増えたがそれを不便と取るか面白いと取るかで老後の生活はかなり変わってくる、という考え方を、その昔、赤瀬川原平さんのご著書『老人力』(筑摩書房)に読んだ。そして自分も面白がる方でいたいと思った。先の短い老後こそ不安は少なく堂々と笑って楽しく過ごせるはずと信じているのである。

私は今のところ細々《ほそぼそ》とながら仕事があり、毎日毎日、猫の世話、庭の世話、家の世話とやるべきことが山積みで、ヒマということがない。やることがない、虚しい、寂しい、と感じているヒマがない。この多忙が一人暮らしの高齢者を支える底力となっている。「年をとられてお一人では大変ですね、お寂しくはないですか?」と訊く人がいるが、力仕事や機械の取り扱いさえ手伝って貰えば、一人が好きで、孤独が好きで、寂しいのが大好きなので、まったく平気だ。そこに猫と遊ぶとかチェロを練習するとか本を読むとかのオプションが付いているから退屈しているヒマはなく、一日の時間が足りないほどである。

本当はそこに更なる老後を見据えて、歌を歌う、体操をする、散歩をする、編み物を習う、麻雀をする、などのやりたいことを加えたいけれど、忙しくて手が回るかどうか。周りには、小さなハープを習っています、という人もいれば死ぬまでにギターを一本作ってみたいという人もいる。ブドウを育ててみましたよ、という人もいれば庭で米作りをしてみたいという人もいる。皆さんやりたいことは目白押し……とまでは言わなくても、たくさんあって未来が明るい。未来といっても短いのだから、それで気軽に取り組めるのかもしれない。

若い頃は不安である。未来があまりにも長く遠く見渡せなくて、この先待っている世界、行かねばならない世界の姿が見えないのだから。その点高齢者は楽ちんだ。待っている＝残っている世界は本当に小さく、足腰頭さえしっかりしていたら残り少ない力でも好きなようにプロデュースできるのだ。もちろんそれには意志、とりわけ強い意志が要る。こうしたいな、という意志が、やってみようという好奇心が、老人世界でもモノを言うのだ。

そう思うと「何もしたくない」というのも立派な意志である。「何もやることがない」ではなく「何もしたくない」のだから、しないことがその人の生きがいというか肝なのだ。今のところやりたいことが目白押しの私も、さらに年を重ねたらそのような、無為徒食の何もしない日々を送ってみたい。退屈に浸り退屈を愛したい。坂道を転がる小石のようにだらだらごろごろと何もない日々を送るのも良さそうだ。せっかくなら愉快な老後を迎えたい。誰しもそう思って生きてきたのではないか。体の具合や家庭の事情でそうはいかない現実が待っていたにしても、意志さえあればそこで自分なりの愉快な老後を作り上げられるはずである。後期高齢者を前にした今、そんなことをあれこれ考え期待に胸を膨らませている。

「死ってすてきな冒険ではないだろうか」とピーター・パンは言った。

では私は、なだいなださんの言葉を借りて、「老いってすてきな冒険なんじゃないだろうか」と言ってみよう。

時の経過とともに

田尻久子

　家の契約更新手続きの書類が届いた。この連載がはじまってわりとすぐに引っ越したので、新しい場所が物珍しく、近所のことばかり書いてきた。細々《こまごま》と書き綴ったせいか、代わり映えのしない毎日でも濃密に感じていたようで、届いた書類を見てまだ二年しか経っていないのかと意外だった。

　庭には、新たに植えたものもあれば、大家さんが植えていたものや鳥が運んできたものもある。季節がふた巡りして、庭の植物がどのように循環しているのかがだいたいわかり、ミョウガが出てきた！　とか、バラが咲いた！　とかいちいち騒ぐこともなくなってきた。いまだに気になっているのはスズメ。もうスズメの話は聞いたよ、と言われそうだけど聞いてほしい。食事をするときも、仕事をするときも、くつろぐときも、家にいる間はほぼ居間で過ごす。掃き出し窓の向こうには、イチジクと椿の木が見える。巣があるわけではないが、そこはスズメのエサ場兼遊び場兼休憩所のようで、姿をよく目にする。木の向こうの電線の上にもとまっている。他の鳥もときに現れるが、常連はもっぱらスズメ。こぢんまりした庭で、木が家屋のすぐそばにあるから、他の鳥は警戒してあまり近寄らないのだろう。椿の花が咲いたり、イチジクの木にカミキリムシの幼虫がいたりする季節だけ、ヒヨドリやメジロやコゲラが来る。

全体的に色が淡く、頬や喉の黒斑がはっきりしないのがスズメの若鳥だと最近になってようやく気がついた。大きさがあまり変わらないので個体差かと思っていたのだが、親鳥らしきスズメが近づくと、色の薄いスズメが嘴を開けるのだ。よく見ると嘴の根元もまだ黄色いし、毛も少しほわっとしていて幼い感じ。成鳥ほど警戒心もなくぼんやりしているから、見ていて心配になる。スズメがケンカっ早いということも知った。よく小競り合いをしているのを見かける。あの小さい体で結構激しくやり合う。仲良くしなさいよ、とつい独り言が出るが、仮にスズメが人語を話せたら、生活かかってんだよと怒られそう。

毎日眺めているともっと知りたくなって、『スズメのくらし』（福音館書店）という写真絵本まで買ってしまった。巣は人の目にふれにくいところにあるので絵本で観察する。卵の殻は、成鳥と同じような茶色がまだらについている。鳥の巣は使い捨てが多いそうだが、スズメの巣は清潔だから何度でも使えるそうだ。なぜ清潔かというと、砂浴びをして体についたダニを熱い砂で殺しているからで、さらにはヒナたちのフンをせっせと巣の外に運ぶらしい。長い間、人間と共存できたのも巣が清潔だから。他の鳥と違って年に二、三回、多いときは四回も子育てをするスズメだが、それでも最近は数が減っている。子育ての回数が多いからあんなにケンカをするのだと、合点がいった。争いの原因は、メスの奪い合いか、エサの取り合いだ。スズメは自然界で多くの生きものの食料になっているからこそたくさん卵を産むのだが、それでも追いつかないほど環境が変化してしまった。スズメがかわいいとのんきに言えなくなる日もそう遠くないのだろうか。環境の変化は人間のせいと知りつつも、いつまでもいてほしい、と目の前にやってくるスズメを愛でながら勝手なことを願う。

スズメの次に夢中なのはヤモリ。ヤモリの話も聞き飽きたよと言われそうだが、聞いてほしい。春になって、久しぶりにヤモリが台所の流しの上部にある窓の向こうに現れた。二度の冬を越え、今年はとうとうお腹に卵が入っているのだ。去年現れたのより大きくなっているから勝手に同じ個体だと思い込んでいるが、別の個体である可能性も否めない。でも、やっぱり同じやつに違いないと信じている。

卵は二個入っている。つがいで現れることもある。最初は気がつかず、お腹がちょっとふくれているから別の個体かも、と思っていた。しかし、卵が成長してくるとはっきりと二個入っているのが見えた。ガラスの向こうにいるから、腹側がよく見える。すでに愛着がわいているので、天敵にやられずに無事出産してくれよ、と思う。家の中には天敵（猫）がいるので、間違っても入ってきてほしくない。卵が大きくなり、尾の辺りまで下りると姿を見せなくなった。産卵が近いのか、すでに産んだのか。

一度、オスのヤモリが、自分の頭ほどのサイズの蛾を仕留めていた。「はじめ人間ギャートルズ」の肉を思い出す。口からはみ出ている蛾をどうやって食べるのかと思って観察していると、しばらく咥えたままじっとしている。息の根がとまったのだろうか、微動だにしない時間が過ぎると少しずつ口の中に消えていった。いつまでも見ている私もどうかと思うが、スズメとヤモリの観察が一番の娯楽だなんて安上がりではないか、と我ながら感心する。

山が近い、水源が近いと、わが町（と言っても新参者だが）の自慢ばかりしていた二年間だったが、その間に家の近所からなくなったものがふたつある。どちらも私にとっては大切なものだった。ひとつは本屋の建物。幼少の頃に祖父母が住んでいた家の近くに商店街があり、そこに小さな本屋があった。商店街はいまではすっかり寂れて、店はほとんどない。前にも書いたが、いま住んでいる借家はそこからほど近い。元スタッフのちばちゃんも実家がこの近所だから、私と同じく本屋にまつわる記憶はその店からはじまっている。ぷらぷらとその辺りを散歩していて、本屋の名前が「上野書店」だったと知ったのは引っ越してきてからのこと。シャッターはもちろん閉まっていたが、壁に切り文字看板が残っており、記憶していた本屋の場所が間違ってなかったことに安堵した。外階段をのぼった二階は事務所だったのか、住まいだったのかもはやわからないし、人の気配もない。幼少時の記憶に比べるとずいぶん小さな建物だった。

ある日、車でその通りを通ったら、広告募集の立て看板が置いてあるだけで更地になっていた。あわててちばちゃんに「上野書店が解体されてるー!」と連絡したら、「そんなのやだー!! さみしい……」と返事が来た。ちばちゃんは以前私が送った「上野書店」の写真を探したようで「アルバムの中で迷子になってしまいました……」と言うので、建物が存在していたときの写真を送った。ちばちゃんは学生時代に建築の勉強をしており、懐かしいだけでなく、上野書店の建物自体も好きだったのだ。外階段はらせんになっており、こぢんまりした立方体の感じのよい建物で私も気に入っていた。何か別の建物が建つならまだあきらめもつくのだが、いまだ広告募集の看板があるのみで、広告も出ていない。

更地になると、本当に建物があったのかと驚くほど狭い土地だった。でも、幼い頃の私やちばちゃんにとっては、世界が詰まっている場所だったのだ。町が変容していくのは仕方のないことと頭ではわかっているが、だからと言って寂しいと思う気持ちに変わりはない。

もうひとつなくなってしまったのは、放牛地蔵の横にあった木。「熊本市指定保存樹木」という立て看板が横にあったから、伐られることはないと思い込んでいた。放牛地蔵とは、放牛という僧がつくったとされる石仏で、熊本県内のあちらこちらに百体以上点在しており、そのうちのひとつが家の近所にある。山から下りてきて道が分かれる場所に置かれているので、昔の人々にとっては、道標であっただろう。引っ越したあとに、姉に家の場所を伝えたとき、「お地蔵さんから左だろ」と言われたから、いまでも人々の道標なのかもしれない。その地蔵を守るようにごつごつとした木が一本そびえ立っていた。根元は瘤《こぶ》のように盛り上がっており、まるでいまにも動き出しそうな豪快な姿だった。盛り上がった瘤が道行く人の邪魔だと苦情があったのかもしれないし、木そのものが老いて危険だと判断されたのかもしれない。なんにせよ、人間の都合だ。

幼い頃は、祖父母の家から見てお地蔵さんより向こうには行かなかった。車が多い道に入るので、危ないから行くなと、祖父母が言い聞かせていたのかもしれない。近くに住むまではその道を通ることは稀だったが、お地蔵さんは当時の祖父母の家の記憶と連動しているから、存在を忘れることはなかった。お地蔵さんの先にはちばちゃんの実家があり、彼女も当然、木の存在を昔から知っている。私たちは幼い頃からその木の存在をそれぞれに親しく感じており、数十年経ってから出会い、いまはともにその木の喪失を悲しんでいる。

コロナ禍がはじまってから引っ越したので、町内会のつきあいは回覧板を回すくらいだったのだが、先日、はじめて一斉清掃のお知らせが来たので参加した。初回なので、家人と二人で参加したのだが、帰りにお隣さんから「二人とも行ってくれたと？　ありがとうね」と声をかけられ、そのあと、シソの葉を届けてくださった。「次から次に生えるけん、いつでも取りにきて。また持ってくるけど、おらんときはドアにかけとくけん」と言ってくださる。後日、玄関のドアノブにビニールの袋がかけてあり、中をのぞくとシソのいい香りがした。

先日、山形から箱いっぱいのサクランボが届いた。つやつやと輝いて宝石みたいな粒が紙箱いっぱいにそのまま入っている。以前、旅の途中に寄ってくださったお客さんからで、いただくのは二回目だ。熊本ではサクランボはあまり出回らないので、お客さんから「きれいだね」「おいしそうだね」と歓声があがる。一日では食べきれず、次の日は休みだったので残りは家に持って帰った。せっかくなので、翌日お隣さんにもサクランボを持っていくと、たしかに玄関脇にシソが繁っていて、「シソは勝手に摘みにきてよかけんね。時間が経つとしなっとなるけん、そうめんば茹ではじめてから摘むとよか」と言ってくださる。そう言われると無性にそうめんが食べたくなり、お昼に茹で、たっぷりのシソを薬味にして食べた。

若いときは面倒にも感じた近所づきあいだが、歳を取るとそのありがたみがわかるようになる。とはいえ、ご近所さんからは「あなたは、まあだ若かけんねー」とよく言われる。吉本さんからも言われる。歳を取ると、なんて言い方はまだしてはいけないのかもしれない。あっちこっちガタがきていて、どこも痛くない日なんてないと愚痴りたいけど、五十代なんて働き盛りよー、と吉本さんに叱られそうな気もする。少し先を歩く吉本さんや、ご近所さんの姿は私の道標だ。店はビルの二階にあるのだが、昨年（二〇二二）末にお亡くなりになった渡辺京二さんは、九十歳を過ぎても階段をのぼって来てくださっていた。以前、渡辺さんがご友人に向かって「まだ八十歳なの？ 若いね」とおっしゃっていたことを思い出す。だとしたら、私なんて、まだひよっこでは？ そういえば、限界集落に住んでいる知人が、そこでは八十代は若手と言われるとおっしゃっていた。上を見ればきりがないが、とにかくまだまだ弱音は吐けないということだ。

人間の脳にあたる部分は、植物にとっては根っこだという。お地蔵さんの横の木は伐られてしまったけど、たぶんその生命の一部は土の中で生きている。わが家の猫フジタもいなくなったけど、吉本さんちの愛猫コミケ姐さんのそばに埋めてもらったから、ミモザの一部になっているはず。上野書店だって、私やちばちゃんの記憶倉庫に保存され続ける。

この間トウモロコシを食べていたら、ふいにフジタのことを思い出した。フジタはなぜかトウモロコシが好きで、食べていると「くれくれ」と言わんばかりに手をのばしてきたからだ。「トウモロコシ食べながら泣いてる！」と笑われて、私も可笑しくなり、泣き笑いしながらトウモロコシを食べ続けた。だから、フジタはまだこの世に居る、とも言える。

コテツとフジタ

おわりに

田尻久子

吉本さんとかわりばんこでエッセイを書きませんか、と編集者の小湊雅彦さんに依頼をいただいたのが三年ほど前のこと。読み返してみると、代り映えのしない些末な出来事ばかりを書き連ねていた。行動範囲も猫のなわばりに負けないくらい狭く、同じ場所を散歩して、同じスーパーに行き、それ以外のほとんどの時間を家か橙書店で過ごしている。コロナ禍とともにはじまった連載だったから、という言い訳もあるにはあるが、そうでなかったとしてもたいして変わらなかったような気もしている。もともと出不精でものぐさだ。それに猫。吉本さんもそうだと思うが、猫と暮らしていると遠出がままならない。

家と店の往復ばかりでも、日々小さな変化は目撃する。膨らんでいた花の蕾が朝起きると咲いていたり、馴染みの木が伐られたり、ヤモリが卵を宿したり。

大きな変化もある。小さな営みは大きな世界に内包されているから、世界中で起きている戦争や紛争や災害は私たちに無関係のわけはなく、植物や月や雲を愛でていても、それらは心のどこかにいつも引っかかっている。

とはいえ、もちろん憂えてばかりはいない。だめになったと思い込んでいた植物の復活とか、お隣さんから知らぬ間に届き縁側に置かれた柚とか、小さな喜びはいつでもある。最近では、楽しみや喜びはひそやかなほうがよい気がしている。年を重ねてくると涙腺が緩むと言うが、経験値が上がるほど世の中に対する解像度も上がるから、つい泣いてしまうのではないだろうか。それならば、喜びもささやかなもので十分な気がする。ついでに言うと、悲しみや苦しみもできれば小さいほうがいい。

十二年前、吉本さんと出会った頃の私に、このような形で一緒に本をつくることになると言ったらきっと驚くだろう。いくつになっても人生は予測がつかない。私たち二人は年の差こそあるが（年の差なんて歳を取れば取るほど、気にならなくなるが）、いくつかの共通点がある。熊本出身で熊本在住、猫と暮らしており、植物や動物や月が好きで、映画と本が好き。近所の話ばかりでこのうえなく地味な本を手に取ってくださる方々に感謝の気持ちでいっぱいだが、どれかひとつでも共通点がある人は、多少は楽しんでいただけるのではないだろうか。吉本さんと私の、ささやかで少々愚痴っぽい日常を綴った本著が、読んでくださる方々の日々の解像度を上げるお役に立てればよいなと思う。よく見れば、小さな楽しみや喜びは意外なところに転がっている場合もあるから。

連載中は、吉本さんとお互い勝手に綴りながらも、一緒に散歩をしているような心持ちだった。散歩に同行してくれた小湊さんは、笑ったり泣いたりしながら、いつでも心のこもった感想をくださった。表紙の絵は、本書にも登場する坂口恭平くんが描いたもの。描かれた「江津湖」は私たちの憩いの場所だ。装丁家の名久井直子さんが膨大な絵のリストからぴったりの絵を選んでくださり、美しく仕上げてくださった。この場を借りて、みなさんに心からお礼申し上げたい。

連載中に逝ってしまった愛猫フジタにも感謝を込めて。

二〇二三年　秋

吉本由美（よしもと・ゆみ）

1948年、熊本市生まれ。作家・エッセイスト。セツ・モードセミナー卒業後、雑誌『スクリーン』編集部、大橋歩さんのアシスタントを経てインテリア・スタイリストに。『an・an』『クロワッサン』『オリーブ』などの女性誌を中心に活躍後、執筆活動に専念。2011年、熊本に帰省。著書に『吉本由美〔一人暮し〕術・ネコはいいなア』（晶文社）、『ひみつ』（角川書店）、『かっこよく年をとりたい』（筑摩書房）、『東京するめクラブ　地球のはぐれ方』（村上春樹、都築響一との共著、文春文庫）、『イン・マイ・ライフ』（亜紀書房）、『道草散歩』『日本のはしっこへ行ってみた』『みちくさの名前。雑草図鑑』（いずれもNHK出版）などがある。

田尻久子（たじり・ひさこ）

1969年、熊本市生まれ。「橙書店 オレンジ」店主。会社勤めを経て2001年、熊本市内に雑貨と喫茶の店「orange」を開業。2008年、隣の空き店舗を借り増しして「橙書店」を開く。2016年より文芸誌『アルテリ』の発行・責任編集をつとめる。2017年、第39回サントリー地域文化賞受賞。著書に『猫はしっぽでしゃべる』（ナナロク社）、『みぎわに立って』（里山社）、『橙書店にて』（2020年・熊日出版文化賞/晶文社）、『橙が実るまで』（写真・川内倫子／スイッチパブリッシング）、『これはわたしの物語』（西日本新聞社）などがある。

装丁・本文設計　名久井直子
装画・挿画　坂口恭平
編集協力　猪熊良子
DTP　NOAH

熊本かわりばんこ
2024年1月30日　第1刷発行

著者　吉本由美／田尻久子

発行者　松本浩司
発行所　NHK出版
〒150-0042
東京都渋谷区宇田川町10-3
電話　0570-009-321（お問い合わせ）
0570-000-321（ご注文）
ホームページ　https://www.nhk-book.co.jp
印刷　三秀舎／大熊整美堂
製本　ブックアート

Printed in Japan
ISBN978-4-14-005742-1 C0095

みちくさの名前。

雑草図鑑

吉本由美 著

身近な草花の名前、
あなたはいくつ言えますか。

道ばたや公園で見かける草花の名前や特徴、見分け方のポイントを、植物の専門家がやさしく伝えます。名前の由来や育ち方といった植物にまつわるエピソードはもちろんのこと、「受講」した吉本さんによる、植物への愛情が綴られたエッセイも充実。あなたも本書を手に、身近な「みちくさ」の名前を覚えてみませんか。

NHK出版